novum pro

DAVID ALTWEGG

DER ZU STERBENDE

novum pro

Bibliografische Information
der Deutschen Nationalbibliothek:

Die Deutsche Nationalbibliothek
verzeichnet diese Publikation in
der Deutschen Nationalbibliografie.
Detaillierte bibliografische Daten
sind im Internet über
http://www.d-nb.de abrufbar.

Alle Rechte der Verbreitung,
auch durch Film, Funk und Fernsehen,
fotomechanische Wiedergabe,
Tonträger, elektronische Datenträger
und auszugsweisen Nachdruck,
sind vorbehalten.

Gedruckt in der Europäischen Union
auf umweltfreundlichem, chlor- und
säurefrei gebleichtem Papier.

© 2023 novum Verlag

ISBN 978-3-99146-199-9
Lektorat: Kristina Steiner
Umschlagfotos: Francesco Scatena,
Tatyana Emelina I Dreamstime.com
Umschlaggestaltung, Layout & Satz:
novum Verlag

www.novumverlag.com

Inhaltsverzeichnis

Am Comer See im September 7
Zug im März 12
Clearwater – Florida, Ende März 14
Der Auftrag: 21
Clearwater, 16. April/07:00 23
Clearwater, 16. April/09:00 27
Clearwater, 16. April/15:00 31
Clearwater, 16. April/17:00 33
Clearwater, 16. April/19:00 35
Clearwater, 16. April/20:00 37
Interstate 275, 16. April/21:00 38
Yesterday by The Beatles 40
Sarasota, 17. April/02:00 41
Sarasota, 17. April/02:30 43
Sarasota, 17. April/03:30 46
Clearwater, 17. April/09:00 51
Clearwater, 17. April/12:00 61
Sympathy for the devil by The Rolling Stones 66
Clearwater 17. April/13:00 67
Clearwater 17. April/15:00 71
Kissimmee 17. April/20:00 80
Land of Confusion by Genesis 83
Kissimmee 17. April/20:00 84
Kissimmee 18. April/04:30 89
Orlando, 20. April/11:30 96
Orlando, 21. April/02:30 101
Zürich, 23. April/15:30 110
Orlando, 24. April 08:00 112
Southwest Airlines 1745/26. April 118
Orlando, 25. April 120
San Diego/26. April 122
Irgendwo/26. April 128

San Diego, 27. April 129
Roll me away by Bob Seger 130
San Diego, 27. April 131
Peutz Valley, 27. April/15:00 132
San Diego, 28. April 133
New York, 28. April 134
Zug, 28. April 135

Am Comer See im September

Cory schwamm völlig erschöpft neben seinem Brett und rang nach Luft. Er befand sich mitten auf dem See bei einem seiner beliebten Windsurf-Ausritte. Der Wind blies mit Stärke sieben und schlug dabei kurze, harte Wellen. Er war nochmals für eine Runde hinaus gesegelt, obwohl er eigentlich schon ziemlich erschöpft war. Als ob er das Schicksal herausfordern wollte, denn dieses Abenteuer barg durchaus Gefahren. Sein Material war super, es erforderte jedoch viel Wind und er selbst konnte diesen kaum mehr richtig beherrschen. Etwas Geeignetes zu kaufen für weniger Wind und seinem Alter entsprechend, das liess sein Stolz nicht zu. Es wäre ein Resignieren, ein Aufgeben, sich dem Unabwendbaren beugen, und er hatte sich zeitlebens schon zu oft gebeugt. Aus diesen Gründen war er auch frühzeitig in Rente gegangen, um den Schlusspunkt bewusst selber zu setzen, bevor irgendein nichtsnutziger Erbsenzähler ihn aussteuern würde.

Mit seiner Frau hatte er sich arrangiert. Als die gemeinsame Tochter ausgeflogen war, manifestierten sich die üblichen Abnutzungserscheinungen einer langjährigen Ehe. Die Midlife-Krisen und menopausalen Konflikte gaben der Beziehung dann den Rest. Als vernünftige Menschen, die einander noch achteten, umschifften sie eine Scheidung, welche lediglich ein paar Anwälte auf ihre Kosten etwas reicher gemacht hätte. Das Angesparte genügte, um beiden ein getrenntes, aber normales Leben ins hohe Alter zu ermöglichen. Man sah sich kaum, keiner war wirklich glücklicher als zuvor, aber die Rollen wurden wacker weitergespielt, denn es gab sowieso kein Zurück mehr.

Gesundheitlich war Cory ganz gut drauf, der Check-up mit sechzig erbrachte zwar ein deutliches Warnsignal, das er jedoch schnöde überging. Man versicherte ihn ja stets, er sehe aus wie fünfzig. Seine Einstellung gegenüber dem Altwerden war schon immer klar: Er verachtete es und hatte keinen Platz dafür. Er wollte das Leben ganz normal geniessen, um dann, wenn die Zeit reif war, diskret abzutreten. Auf keinen Fall wollte er jemandem zur Last fallen.

Wie jedes Jahr genoss Cory den Sommer mehrheitlich am Comer See. Die lateinische Mentalität und die mediterrane Küche behagten ihm. Er sprach ausgezeichnet Italienisch und man betrachtete ihn inzwischen mehr als Einheimischen denn als Touristen. Das trendige und auf Konsum getrimmte Leben war nicht sein Ding. Ein Fiat genügte ihm und er war kein Kleidernarr. Bei Sportgeräten und Elektronik machte er dagegen keine Kompromisse, da wusste er genau, was er wollte. Cory war jedenfalls felsenfest überzeugt, endlich befreit sein Wunschleben zu geniessen zu können. Dazu gehörte auch, erschöpft und Wasser schluckend neben ein paar Kilo Schaumstoff zu schwimmen, bis wieder genug Energie vorhanden war, um einen neuen Wasserstart anzugehen. Was anderen eine Heidenangst einjagen könnte, war ihm gerade recht. Es gab ihm das Gefühl zu leben, noch fit genug zu sein, um mitzumachen, und wenn es halt sein Ende bedeuten sollte, wen kümmert es, er hatte gelebt!

Auch heute schaffte es Cory problemlos ans Ufer zurück zu surfen. Dabei strandete er neben der jungen Frau, die schon etwas früher ihr Segel gestrichen hatte und am Abriggen war. Er streckte seine Zunge heraus und liess trotz versteckten Stolz so durchblicken, dass er ziemlich kaputt war. Sie schaute ihn lächelnd an, und er wollte erkannt haben, dass dieses Lächeln nicht aufgesetzt war. Jedenfalls ermunterte es ihn, nachzuhaken.

- Kompliment, Sie legen saubere Manöver in den See.
- Danke, aber heute komme ich an meine Grenze. Du scheinst es dagegen voll zu geniessen.

Das direkte „du" erstaunte ihn, schmeichelte aber äusserst angenehm. Er knüpfte gleich an:

– Ich habe genug für heute. Kann ich dich vielleicht auf ein Bier im Vela einladen? Ich sterbe vor Hunger und Durst.
– Sehr gerne. Ich bin in einer halben Stunde dort.

Wieder sah er dieses betörende, aber dennoch natürliche Lächeln, und es gefiel ihm überirdisch.

Cory war nicht auf der Suche nach einem Abenteuer, das war ihm schon seit Längerem zu anstrengend. Seine wenigen Beziehungen hatten sich meistens sehr schnell vertieft, dies führte oft zu Schwierigkeiten. Er war aber auch nicht ein Mann der One-Night-Stands und deshalb ziemlich beziehungsarm geworden, ohne dass es ihn weiter störte. Dazu kam, dass er immer hohe Ansprüche an Frauen gehabt hatte, er selbst jedoch inzwischen solchen nicht mehr vollends genügen konnte. Er war sich dieser Diskrepanz durchaus bewusst und akzeptierte die deshalb aufgekommene Beziehungsflaute.

Cory setzte sich an einen schönen Tisch mit Ausblick auf den See. Es wehte immer noch ein warmer Wind, das absolute Lebenselixier der Windsurfer. Die Frau erschien etwas später, und sie entriss ihm ein innerliches „Wow", ohne dass er sich dies anmerken liess. Sie trug halblanges, brünettes Haar in sportlichem Stufenschnitt, ein hellblaues Kragenshirt lose über einem weissen Rock. Ihre gut trainierte Figur versprühte dadurch eine wohltuend unaufdringliche Weiblichkeit, die aber den meisten Männern nicht entging. Solchen jedenfalls, die Cory noch als richtige Männer betrachtete. Er mochte die modernen und selbstverliebten Bachelors nicht, die nach chirurgisch normierten und selfiesüchtigen Barbies lechzten. Die Bi-, Cis- oder Genderfluiden störten ihn dagegen weniger, solange sie nicht mit affektiertem Getue provozierten oder ihren aufgesetzten Stolz über ihre Neigung der ganzen Welt unter die Nase reiben mussten. Generell war ihm jegliches Gebaren zuwider, das pausenlos in aufdringlichen sozialen Medien wie Facebook, Instagram oder das hypergeile Reality-TV fliessen musste.

Cory stellte sich vor und erfuhr, dass sie Renée hiess.

- Ich hoffe, ich war nicht impertinent, oder mache jemanden eifersüchtig.
- Nein, nein. Ich mag spontane Einladungen.
- Sonst kannst du immer noch sagen, ich sei dein Onkel oder ein Freund deines Vaters.
- So alt scheinst du nun auch wieder nicht zu sein und zu deiner Beruhigung: Es gibt niemanden, der eifersüchtig werden könnte, ich bin alleine hier und geniesse es auch. Ich kann surfen gehen, solange ich will, mit Leuten zusammen sein, wo ich will, sowie verschwinden, wann ich will. Übrigens bin ich auch schon in einem Alter, wo Timothy Leary mir nicht mehr trauen würde.
- Ha! Traue keinem über dreissig. Woher kennst du Learys Spruch, du warst ja damals noch nicht einmal in der Pipeline?
- Von meinem Vater. Er hat denselben Jahrgang wie Mick Jagger, und du kannst dir vorstellen, was wir Kinder von diesem fanatischen Alt-68er alles so mitbekommen haben.
- Das gefällt mir, ihr beiden entsprecht ganz meiner eigenen Lebenseinstellung!
- Und du? Bist du noch nicht dem Kite-Surf-Hype erlegen?
- Ich habe es versucht, und es gefällt mir. Wenn man aber alleine unterwegs ist, vor allem auf diesen Seen, so ist ein Materialbruch mit einem Kite-Brett gefährlich. Das Surfbrett taugt um einiges besser als Rettungsboot.
- Ja, das war auch meine Überlegung, zudem muss man nicht immer jedem Hype nachlaufen. Ich geniesse das Windsurfen.

Renée war hübsch, intelligent, sportlich und humorvoll, alles, was Cory an Frauen schätzte. Auch schien ihr der Altersunterschied nichts auszumachen. Cory mochte und achtete Frauen. Seine Partnerinnen waren durchwegs intelligent und auf gleicher Höhe. Er machte jedoch einen grossen Unterschied zwischen Gleichberechtigung und Gleichstellung. Jeder ist seiner Meinung nach berechtigt, gleich zu sein, es sollte aber erarbeitet werden und nicht einfach vorausgesetzt. Alles und alle a priori gleichzustellen, ist illusorisch und nimmt die Dynamik aus der Gesellschaft. Ein gewisser Druck und Wettbewerb muss sein, genauso wie auch Unterschiede. Die heutige politische Korrektheit erlaubt aber praktisch nur positive Unterschiede. Man hört beispielsweise oft, dass Menschen mit dunkler Haut besser tanzen oder schneller laufen können, das entspringe ihren Genen. Würde man aber auf Eigenschaften hinweisen, die sie genetisch vielleicht etwas weniger begütern, ist man automatisch Rassist. Ähnlich verhält es sich mit den Geschlechtern. Frauen attestiert man, bessere Multitasker sowie emphatischer und konsensfähiger zu sein, deshalb wäre beispielsweise in der Politik eine höhere weibliche Beteiligung wünschenswert. Im gleichen Rahmen nachgesagte Nachteile dieser Weiblichkeit aufzuführen, wäre jedoch der sichere politische Tod. In der heutigen Welt scheinen vor allem weisse hetero Männer immer mehr als Grundübel allen Elends angeprangert zu werden. Dem kann Mann sich schlecht entziehen, obschon dies neuerdings mit etwas fortgeschrittener Chemie, Skalpell und viel Geld auch möglich gemacht wird. Brave New World!

Zug im März

- Haben Sie sich das wirklich reiflich überlegt, Herr Derrungs? Ich weiss, es geht mich eigentlich nichts an und es ist mir ehrlich gesagt auch ziemlich egal, aber dennoch drängt sich diese Frage auf. Ein solcher Auftrag ist nun wirklich nicht alltäglich.
- Sie können versichert sein, mein werter Herr Gastner, dass ich mir dies weder leicht gemacht, noch einfach überstürzt entschieden habe. Ich bin noch bei vollen Sinnen, und es ist mein fester Wille. Ihre Nichtanteilnahme ist wirklich rührend, für mich aber einer der Gründe, warum ich gerade zu Ihnen gekommen bin.
- Sie wissen aber sicherlich, dass all dies ziemlich illegal ist und dass ich Sie eigentlich auf der Stelle zum Tempel hinaus schmeissen sollte.
- Klar weiss ich das. Nochmals, sonst hätte ich wohl nicht an Sie gedacht! Nehmen Sie es mir nicht übel, aber ich kenne Sie gut genug, um mir diesen Spruch erlauben zu können. Sie fädeln als Koordinator den Deal ja lediglich ein, zu einem fetten Honorar obendrein. Ein von Ihnen beauftragter Auftragnehmer führt ihn dann aus. Für Sie besteht also kein Risiko, wenn Sie sich ebenso geschickt anstellen wie bei diversen früheren Deals, und davon bin ich felsenfest überzeugt.
- Reizend wie immer. Vordergründig top korrekt der Herr Derrungs, am Ende erreicht aber auch er das etwas weniger Herausgeputzte, ohne sich die eigenen Hände schmutzig zu machen. Verzeihen Sie, ich weiss, in diesem Falle tönt dies etwas makaber, aber wie Sie so trefflich erwähnt haben, kennen wir uns gut genug, dass auch ich mir diesen Spruch erlauben darf.

Er hielt kurz inne, räusperte sich und fuhr dann fort:

- Also, ich nehme den Auftrag an, so wie er formuliert ist. Ich warte folgerichtig gehorsamst auf Ihre E-Mail, um loszulegen, worauf Sie von mir informiert werden, sobald alles organisiert ist. Danach erfolgt kein weiterer Kontakt, wie gewünscht.
- Sehr gut, danke. Anmerken möchte ich noch, dass ich eine kleine Sicherheit eingebaut habe, damit der Auftrag zu meiner Zufriedenheit ausgeführt wird. Ansonsten fliesst kein Geld.
- Selbstverständlich, ich habe auch nichts anderes von Ihnen erwartet.

Cory verliess die Kanzlei des Anwaltes Gastner mit einem leichten Grinsen. Er hatte erwartet, danach ziemlich aufgewühlt zu sein, es schien ihn jedoch völlig kalt zu lassen, und folglich ging er schnurstracks zum Café, wo er ein Treffen mit Renée abgemacht hatte. Das war ihm erstaunlicherweise beinahe unangenehmer.

Clearwater – Florida, Ende März

Man kannte ihn in Clearwater, Cory war häufig dort. Seine berufliche Karriere hatte in Florida begonnen und auch in Sachen Sport begab er sich oft dorthin. Wenn es fortan mehrheitlich Golf sein sollte, dann musste er es akzeptieren, auch wenn er diese Altherrendisziplin, wie er sie nannte, früher belächelt hatte. Die Beziehung mit Renée hatte sich nach der anfänglichen Faszination etwas harzig entwickelt. Cory genoss die Nähe dieser tollen, jungen Frau. Ihre Energie liess ihn jedoch an seine verhassten Grenzen gelangen. Die Themen von Renée und ihren Freunden, ihre Ziele und der ganze Rhythmus ihres Lebens harmonierten schlecht mit den seinen. Er brauchte mehr Pausen, gab sich dies jedoch nicht zu, sein Körper machte oft nicht mehr mit, und die resultierenden Missstimmungen setzten der frischen Beziehung zu. Alle irgendwie, irgendwas aufrichtenden Mittel vertrugen sich schlecht mit den anderen Medikamenten, und die immer häufigeren Grundsatzdiskussionen entsprachen weder dem ihrem noch seinem eigenen Charakter. Keiner wollte jedoch das Grundübel ansprechen, nämlich den grossen Altersunterschied. Aus diesen Gründen war Cory alleine nach Florida gereist, um mit einer Kunstpause wieder etwas auf seinen alten Boden zu kommen. Er hatte sich vor einiger Zeit nämlich vorgenommen, in Zukunft allen Zwängen auszuweichen und sein Leben einfach nur noch zu geniessen. Die Komplikationen, die sich erneut entfacht hatten, wollte er ebenso umschiffen, wie dem Leben einer so lebenslustigen, jungen Frau nicht im Wege zu stehen. Er mochte Renée wirklich von Herzen, wusste jedoch nur allzu genau, dass er ihr in Zukunft nicht viel bieten konnte. Deshalb hoffte er, dass sich die Beziehung durch die geschaffene Distanz im Sande verlaufen werde. Cory wollte sich nie richtig eingestehen, dass ihm die USA trotz einiger Vorbehalten behagten. Die Amerikaner waren in seinen Augen selbstherrlich, oberflächlich und nicht sehr breit gebildet.

Ihre Gesellschaft war völlig abhängig von ihrem übermässigen und wenig umweltverträglichen Konsum. Die omnipräsenten Medien gaukelten je nach zugewandter Partei oder subventionierendem Konzern eine aufgesetzte Realität vor, die inzwischen jenseits von Gut und Böse war. Kein Wunder also, dass Psychopathen in höchste Ämter sogenannt „gewählt" wurden. Die ganze Welt eiferte diesem Trugbild nach, und wenn es die Hintersten und Letzten, in den entlegensten Löchern dieser Welt nicht innerhalb weniger Jahre auf denselben, überrissenen Nenner brachten, so drehten viele dieser Desillusionierten den Spiess einfach um und prangerten das Ganze an als des Teufels. Einen, den man am besten gleich aus dieser Welt bombardieren sollte, zusammen mit möglichst vielen Unschuldigen und sich selbst gleich auch noch dazu. Was hingegen in Europa ablief, begann Cory auch abzustossen. Die Unfähigkeit, ihre humanitären Errungenschaften gegen nicht anpassungswillige Einwanderer aus vorwiegend muslimischen Regionen zu verteidigen, liess ihn am Verstand der politischen Elite zweifeln. Entweder waren sie effektiv so dumm, oder sie waren sich sicher, daraus immer noch ihre heiss geliebten Privilegien ziehen zu können. Wahrscheinlich beides, da sich sogar die Linken vom Kapital korrumpieren liessen und die Weitsicht an der schicken Garderobe gegen ein Glas Champagner eintauschten. Zehn Jahre im Mittleren Osten hatten zudem aus Cory, dem toleranten Love– and Peace-Kind der 68er-Generation, einen offenen Skeptiker des gelebten Islam gemacht. Er glaubte inzwischen, dass dessen Zusammenleben mit der bei uns mühsam erarbeiteten Staats– und Gesellschaftsform einfach inkompatibel ist. Den Glauben, über alles andere gestellt zu behalten, in einem Umfeld das verfassungsmässiges Recht über dieses Alles setzt, erzeugt einen Zwiespalt, der einem ambivalenten Verhalten Vorschub leistet. Widerrechtliche Handlungen werden religiös begründet und oft auch dementsprechend toleriert, oder zumindest milder geahndet. Zudem hat der Islam keine einheitliche Autorität. Jeder halbwegs gebildete Kleriker kann seine eigene Auslegung des Korans als Basis für eine unsinnige Fatwa bemühen. Kaum jemand wagt dies zu hinterfragen, ohne gleich zum Tode ausgeschrieben zu werden. Das verteilt die Macht und wird politisch fleissig ausgenutzt. Die eigentlich humane Lehre des Islams wird dadurch pervertiert. Es ist leider kaum eine respektierte Stelle zu finden, die dies zurechtrücken kann oder will. Die vielen Interpretationen des Christentums waren früher auch nicht besser oder weniger blutrünstig. Es war die Aufklärung und die Verbreitung von Bildung, vor allem für Frauen, die den neuen Staatsformen erlaubten, ein gemeinsames Recht über die verschiedenen Glaubensrichtungen zu stellen und als Folge deren gegenseitiger Toleranz den Weg zu bereiten. Der Wohlstand dieser Staaten war dann auch ein Resultat davon, und deshalb mutet es an wie Hohn, oder noch schlimmer, wie Selbstverrat, wenn Europa nun im Rahmen seiner hochgehaltenen Humanität Leute mit einer Überzeugung aufnimmt, die diese Errungenschaften bedrohen, da sie dieselben nicht einverleiben wollen. Viele Migranten fliehen vor sektiererischem Chaos und Totschlag, aber wollen ihre Sitten, die es so weit haben kommen lassen, im Asylland nicht ablegen und werden zudem auch nicht konsequent genug dazu angehalten. Die erforderliche Integration bleibt damit eine leere Worthülse.

Cory hatte wie schon oft im Blue Wave neben dem Hilton ein Apartment gemietet. Überraschenderweise war Renée ihm dorthin nachgereist. Er war nicht unglücklich darüber, denn erstens schmeichelt es jedem Mann, wenn eine attraktive Frau ihm nachreist, und zweitens gestand er ihr das Recht zu, für eine Beziehung zu kämpfen, obschon er es nicht richtig verstand. Renée wusste selbst auch nicht genau, warum sie Cory so mochte. Sie liebte seine im Vergleich zu ihren gleichaltrigen Freunden erstaunliche geistige Vielseitigkeit und fand die sporadische Vergesslichkeit putzig. Sie glaubte, dass ihn diese Sachen schlichtweg nicht interessierten. Ihre bisherigen Beziehungen hatte sie locker kontrolliert, denn als begehrenswerte Frau spürte sie insgeheim genau, wie man Männer mit ein bisschen Entzug manipulierte. Sie gab sich dies natürlich niemals zu. Cory schien jedoch nicht darauf zu reagieren und blieb stets der sanfte, aber konsequente Mann, der sie gerade deswegen faszinierte. Sie musste mit guten Argumenten kommen und die seinen auch mit einbeziehen, Kompromisse schliessen, denn aufgesetzte Launen wirkten kaum. Aktuell war sie einfach verwirrt und ein wenig im Stolz gekränkt, dass er anscheinend Schluss machen wollte. Das war ihr noch nie passiert, und sie wollte es nicht einfach so hinnehmen, die Beziehung war ihr zu wertvoll. Cory hingegen war nach einigen Tagen schöner Gemeinsamkeit erneut am gleichen Punkt der Überforderung angelangt. Trotz ihrer Unabhängigkeit und moderner Einstellung fiel Renée oft in ein Verhaltensmuster vieler Frauen in Beziehungen, nämlich ihren ungehobelten männlichen Partner so zurechtbiegen zu versuchen, wie sie es angebracht erachteten. Im Gegensatz dazu wünschten sich die meisten Männer, dass ihr heiss geliebtes Weibchen doch bitte so bleiben würde, wie sie es kennengelernt hatten. Zudem hielt es Cory sofort wieder deutlich vor Augen, was sein Alter und sein Gebrechen in einer Beziehung mit einer jüngeren Frau mit sich brachten. Es machte ihn unglücklich und barsch zugleich. Gefühle, die er sich geschworen hatte, nie mehr durchleben zu wollen. Er empfand es als traurig und schon fast ironisch, dass ein so schönes und liebenswertes Wesen genau diese erneut auslösen musste.

An diesem wunderschönen Frühlingsabend waren sie an eine Party im etwas weiter südlich gelegenen Hotel Hyatt eingeladen. Eine heitere Runde Golf mit einem dortigen Gast hatte zu dieser Einladung geführt. Es war ein unterhaltsamer Abend, Renée sah blendend aus, und Cory musste insgeheim zugeben, dass er sich an ihrer Seite sonnte, denn die Blicke anderer Männer blieben ihm nicht verborgen. Noch ein bisschen Alkohol, und die Welt sah für einen Moment aus wie früher. Er genoss die aufkeimende Vorfreude, sie später von ihrem schönen Kleid befreien zu dürfen, und hoffte, dass sie dasselbe empfand. Er hatte nie verstanden, warum bei seiner Ex dieses Verlangen langsam erloschen war. Sie behauptete immer, das sei halt so bei allen Frauen und habe nichts mit ihm zu tun, sie brauche es einfach nicht mehr. Cory wunderte sich ernsthaft, warum eine Frau sich schön erhalten wollte, sich für jeden Ausgang attraktiv machen und dann keine Lust haben sollte, die Früchte ihre Attraktivität ernten zu wollen. Das Liebesspiel war doch umsonst, harmonie– und gesundheitsfördernd, alles, was Frau sich sehnlichst wünschte, und die dabei ausgeschütteten Endorphine ersparten zudem die teuren Antidepressiva und den noch teureren Psychiater. Er fragte sich oft, ob es den Frauen demnach nur um die Gewissheit ging, dass die Männer sie begehrten, also eigentlich nur um Provokation ohne Konsum? Cory wusste, dass er diese schönen Wesen zwar nie verstehen würde, aber er glaubte obiges nicht. Er war überzeugt, dass irgendwann mal ein anderer Mann all dieses Geziere durchbrechen würde und dann auch wieder das gesamte Programm erleben durfte, nicht nur die abgespeckte Version. Frauen waren sicher grundsätzlich treu, aber er attestierte ihnen keineswegs, die Monogamie gepachtet zu haben. Die Geschlechter schenkten sich diesbezüglich kaum etwas. Das Wort „Lebensabschnittsbegleiter" wurde wahrscheinlich von Frauen erfunden, um einer Abkehr von ihrer hochgehaltenen Treue einen zivileren Namen zu geben als das banale Fremdgehen.

Es war leicht zu erkennen, dass Cory nicht das beste Bild der von ihm doch so geliebten Frauenwelt hatte. Er fühlte sich zeitlebens verunsichert, ihnen ausgeliefert, ohne je eine wirksame Gegenwehr gefunden zu haben. Renée würde sich wahrscheinlich auch in diese Richtung entwickeln, redete er sich immer wieder ein, eventuell noch schneller wegen des grossen Altersunterschiedes. Eigentlich gab er ihr keine Chance und sich selbst erst recht nicht mehr.

An diesem Abend jedoch war seine Partnerin die Attraktion auf der Party, das sah man auch den anderen Frauen an. Entweder schnitten sie Renée eifersüchtig, oder sie versuchten krampfhaft ebenso begehrenswert zu erscheinen. Cory war immerhin ein guter Beobachter, und ihm fiel vor allem eine dieser Konkurrentinnen auf, die oft versteckt in ihre Richtung blickte. Sie schien in ihren Endvierzigern zu sein und musste ausnehmend schön gewesen sein, sie war es immer noch und kaschierte ihr Alter sehr gut. Cory fielen dabei ihre Bewegungen auf, die

zwar sehr elegant waren, aber auf gewisse Rückenbeschwerden wiesen, die er nur allzu gut selber kannte. Ihr kokettes, jedoch leicht gequältes Lächeln für ihren turtelnden Freier entging vielleicht den meisten, ihm aber nicht. Sie schien sich in dieser Umgebung auch nicht sonderlich wohlzufühlen. Bei Cory hinterliess sie trotzdem einen faszinierten Eindruck.
Zu seinem Erstaunen gesellte sich etwas später ihr Freier zu ihnen an die Bar und prostete ihnen zu. Als Renée sich kurz frischmachen ging, sprach er dann Cory direkt an.

- Entschuldigen Sie. Darf ich Sie ganz frech etwas fragen?
- Ehh, ja, nur zu. Wir sind ja alle im Urlaub!
- Ja, ja klar. Nun eben, hier meine Frage: Woher kennen Sie eigentlich meine Begleiterin?
- Wie meinen Sie das? Ich kenne sie nicht.

Es entstand eine kurze, peinliche Pause.

- Bitte entschuldigen Sie mich, mein Name ist Tom, ich bin aus Italien. Ich möchte nicht aufdringlich erscheinen, aber ich bin an dieser Frau ungemein interessiert. Ich kenne sie seit einiger Zeit, sie ist eine Weltenbummlerin und ich bin ihr hierher nachgereist, um ihr meine ernst gemeinte Aufwartung zu machen. Zu meinem Erstaunen sehe ich nun, dass auch Sie wieder anwesend sind, wie dies schon in Italien vor drei Monaten und zuvor auch in der Schweiz der Fall war. Meine Frage soll nicht aufdringlich klingen, ich möchte einfach die Lage klären, um mir keinen Fauxpas zu leisten. Ich habe den Eindruck erhalten, dass Mirja sich ziemlich für Sie interessiert und oft in Ihrer Nähe ist. Dies mag Zufall sein, aber es beschäftigt mich und deshalb meine direkte Frage.

Cory war völlig verblüfft, meinte aber nach kurzer Pause:

- Zuallererst, mein Name ist Cory und schön Sie kennenzulernen Tom. Jetzt zu Ihrer Frage: Nein, ich kenne die Dame

nicht. Ich habe sie auch noch nie gesehen. Es muss sich tatsächlich um einen Zufall handeln.
- Das freut mich natürlich! Nichts für ungut, aber ich wollte wie gesagt sichergehen, um niemandem ins Gehege zu kommen. Sie hätten es übrigens beileibe nicht nötig, weiter herumzuschauen bei so einer bildhübschen Begleiterin, wenn ich dies anmerken darf!

Renée war inzwischen wieder zu ihnen gestossen. Gleichzeitig sah Cory aus den Augenwinkeln, dass Toms Begleiterin am anderen Ende der langgezogenen Bar auftauchte. Als sie jedoch Tom bei ihnen erspähte, wich sie schnell zurück und verschwand. Erstaunt fuhr Cory fort, ohne sich etwas anmerken zu lassen:

- Vielen Dank für das Kompliment. Ja, Renée ist umwerfend und ich schätze mich glücklich, an ihrer Seite sein zu dürfen.

Cory nahm Renée zärtlich in seine Arme, als Tom fortfuhr:

- Nun, ich konnte Mirja überreden, morgen mit mir in Richtung Norden weiterzureisen. Deshalb überlasse ich Sie wieder Ihrer charmanten Begleitung und wünsche Ihnen alles Gute und weiterhin einen schönen Urlaub. Es war nett, Ihre Bekanntschaft zu machen, Renée und Cory.
- Ganz unsererseits Tom. Wir beide werden noch einige Zeit hierbleiben, also ist der Zufall dieser Begegnungen gebannt, und der Weg frei für Ihr Glück, das ich Ihnen auch von Herzen wünsche, denn auch Ihre Begleitung ist äusserst attraktiv!
- Vielen Dank Cory und Tschüss.

Tom verliess lachend die Bar und Cory verbrachte noch einige Momente mit Renée am Fest, bevor sie zurück in ihr Apartment gingen. Sie erlebten dann einen wunderschönen Abend, die Stimmung war super und erstaunlich harmonisch, Cory fühlte sich für kurze Zeit wieder mal richtig als Mann.

Der Auftrag:

Es ist der erklärte Wunsch der Zielperson, aus dem Leben zu scheiden.

Der Auftraggeber beauftragt hiermit den Auftragnehmer mittels des Koordinators dies auszuführen.

Der Auftrag soll so ausgeführt werden, dass:

1. Die Zielperson unerwartet, schnell und schmerzlos aus dem Leben scheidet.

Ansonsten entfallen jegliche Honorare.

2. Kein offenbares Motiv ersichtlich ist, vor allem, dass keine der Zielperson verwandte oder bekannte Person in irgendeiner Weise in Verbindung gebracht werden kann.

Ansonsten entfallen jegliche Honorare.

3. Der zeitliche Rahmen des Auftrages beginnt mit einer E-Mail des Auftraggebers an den Koordinator und erstreckt sich in der Folge über nicht mehr als zwei Jahre.

Ansonsten entfallen jegliche Honorare.

4. Keine direkte Verbindung zwischen Auftraggeber und Auftragnehmer entsteht, willentlich oder nicht.

Ansonsten entfallen jegliche Honorare.

5. Keine andere als die Zielperson zu irgendwelchem Schaden kommt.

Ansonsten entfallen jegliche Honorare.

6. Ausgemachte Summen der Honorare: Total Fr. 250 000,– davon Fr. 25 000,– als Spesen für den Koordinator und Fr. 25 000,– als Anzahlung für den Auftragnehmer. Die Fr. 50 000,– werden ausbezahlt nach Erhalt des auslösenden E-Mails vom Auftraggeber. Die Restsumme an den Auftragnehmer wird nach vertragskonformem Ausführen des Auftrages ausbezahlt.

7. Ein Abbruch vonseiten des Auftraggebers ist jederzeit möglich. Er zieht ein Unkostenhonorar von Fr. 10 000,– für den Koordinator sowie 10 000,– für den Auftragnehmer nach sich und wird erst ausbezahlt, wenn alle drei Seiten die Annullation bestätigt haben.

8. Ein Abbruch vonseiten des Auftragnehmers ist ebenfalls jederzeit möglich, das schon ausbezahlte Honorar soll in diesem Falle rückerstattet werden.

Ansonsten muss der Koordinator für die Summe geradestehen.

9. Kontrolle über die Einhaltung der Modalitäten zwecks Auszahlung der Honorare obliegt einer anonymen Vertrauensperson bei der zuständigen Bank des Auftraggebers.

Clearwater, 16. April/07:00

Am nächsten Morgen begab sich Cory sehr früh an den nahe gelegenen Strand. Er wollte etwas Bewegung geniessen und Sport sollte seiner Meinung nach draussen stattfinden. Das narzisstische und exhibitionistische Getue vieler Muskelprotze und Prötzinnen im sterilen Fitness-Center ging ihm auf den Geist. Wie so oft nahm er ein Fahrrad des Hotels und radelte entlang der Küstenstrasse, um am Strand schwimmen zu gehen. Es hatte viele kleine Radwege und noch kaum Verkehr. Der gestrige Abend hallte in seiner Erinnerung wunderschön nach, nur die seltsame Unterhaltung mit diesem Tom und das ebenso geheimnisvolle Verschwinden seiner Begleiterin wollten ihm nicht aus dem Kopf.

Nach ein paar Minuten Fahrt sah Cory am Ufer eine Ansammlung von Leuten. So früh am Morgen war dies eher ungewöhnlich, also näherte er sich neugierig. Am Boden lag regungslos ein Mann, nur mit einer Badehose bekleidet. Zwei Polizisten befragten die herumstehenden Leute. Der Mann war zweifellos tot und als Cory näherkam, erkannte er ihn. Es war genau dieser Tom! Ziemlich schockiert, versuchte er etwas mehr zu erfahren. Anscheinend war der Mann ertrunken, und ein Polizist befragte die Umherstehenden, ob jemand das Opfer kannte oder zumindest wusste, wo er wohnte. Ein Mann behauptete, ihn gestern Abend in Begleitung einer Frau im Hyatt gesehen zu haben. Cory hatte überhaupt keine Lust, sich in die Geschehnisse einzumischen. Die ganze Geschichte erschien ihm inzwischen äusserst bizarr, und es behagte ihm überhaupt nicht, auch nur am Rande beteiligt zu sein. Trotzdem überwog seine Neugier, und er beschloss, ins Hyatt zu radeln, um ein wenig herumzuschauen. Als er in der Eingangshalle herumschlenderte, waren bereits zwei weitere Polizisten anwesend und befragten die Dame am Empfang. Cory blieb wie teilnahmslos am Ende der Theke stehen und stöberte etwas abgewandt in der Prospektwand, seine Ohren aber aufmerksam gespitzt. Dabei überhörte er, dass Frau Smith scheinbar gestern Mittag aus ihrem Einzelzimmer ausgecheckt habe. Nein, man wisse nicht, wohin sie weitergereist sei, eventuell wisse dies aber ihr Begleiter, der noch im Hotel residiere. Ob man ihm eine Nachricht hinterlassen soll? Nein, meinte der Polizist, er werde das selbst erledigen und beide Zimmer durchsuchen müssen, er brauche beide Schlüssel. Als die Polizisten im Lift verschwunden waren, huschte eine zweite Frau aus dem Büro und tuschelte sensationslüstern, sie habe gerade gehört, dass eben dieser Begleiter vorher tot am Strand aufgefunden wurde!

Das Ganze erschien Cory völlig widersprüchlich. Mirja war an der Party doch mit Tom zusammen, und sie wollten scheinbar gemeinsam weiterreisen. Jetzt war sie aber angeblich schon vorher alleine abgereist, und Tom inzwischen tot. Nachdenklich schlich sich Cory davon, denn er wollte keinesfalls Aufsehen erregen. Irgendetwas schien ihm nicht koscher an der ganzen Geschichte, zumal da noch Toms seltsame Behauptung von Mirjas Interesse an ihm selbst im Raume stand.

Plötzlich fuhr ihm ein Schrecken durch alle Glieder: Könnte sie eventuell der Auftragnehmer sein? Wäre dies überhaupt möglich? Cory war für einige Momente völlig verwirrt. Er versuchte mit aller Kraft, sich zu konzentrieren. Als er sich etwas gefasst hatte, musste er erkennen, dass tatsächlich sehr viel zusammenpassen würde. Ihre angeblich gleichzeitige Anwesenheit in Italien, in der Schweiz und jetzt hier, ihr hastiges Verschwinden vom Fest, als sie ihn unerwarteterweise dort erblickte. Weiter waren da Toms seltsame Fragen, kurz darauf sein Ableben, das in Corys Augen jetzt kaum mehr ein Unfall sein konnte. Ach was, grosser Blödsinn, du bist paranoid, sagte er sich. Warum hätte Mirja als Auftragnehmer, wenn sie es denn wirklich war, sich so viel Zeit gelassen, den Auftrag auszuführen? Und warum so weit weg, in den USA? In Europa war sie anscheinend schon in seiner Nähe gewesen und hätte leicht zuschlagen können. Warum überhaupt ihr scheinbar grosses Interesse an ihm, wo doch nur eine kurze Aktion für viel Geld angezeigt war? Es konnten nicht minutiöse Vorbereitungen sein, dazu wäre die Unvorsichtigkeit an dieser Party zu unprofessionell. Dennoch, es erschien zwar alles etwas merkwürdig und unwahrscheinlich, aber genauso gut auch möglich. Cory konnte sich keinen Reim aus den Ereignissen machen. Vielleicht war Toms Auftauchen in Florida für Mirja genauso überraschend gewesen, wie dasjenige von Renée für Cory. Musste Tom etwa deshalb beseitigt werden? Das erschien etwas weit hergeholt, aber wenn wahr, dann wäre es eine Katastrophe, denn solche Kollateralschäden hatte Cory ausdrücklich nicht gewollt. Er wünschte sich einfach unerwartet und diskret von der Bühne geschoben zu werden, ohne verfolgbare Spuren oder Motiv, damit sein Nachlass und die Versicherungen problemlos zum Tragen kämen. Es sollte niemand eine Ahnung von seinem Gebrechen haben und noch weniger von seinem Auftrag. Er wollte so in Erinnerung bleiben, wie er jetzt lebte. Nun schien es, als wenn es bereits einen Toten zu viel gegeben hatte.

Cory zweifelte, ob er überhaupt noch klar denken konnte oder ob er durch seinen Zustand bereits paranoid geworden war. Er selbst hatte den Auftrag nur deshalb möglichst offen verfasst, damit er alles darum herum vergessen könnte und einfach irgendwann ohne Geplänkel verschwinden würde. Wieso liess er sich nun auf solche irritierenden Spekulationen ein?

Da fuhr ihm plötzlich ein zweiter schrecklicher Gedanke durch den Kopf: Wenn seine Vermutung trotz aller Zweifel tatsächlich stimmte, so war jetzt auch Renée in Gefahr! Um Cory spurlos zu beseitigen, müsste Mirja nun auch sie verschwinden lassen, denn Renée könnte durchaus eine Verbindung zwischen Toms Tod, Mirjas Präsenz und eben Corys eigenem Schicksal machen. Mirja musste ja annehmen, dass er mit Renée über das seltsame Gespräch mit Tom gesprochen hatte. Das Honorar würde schliesslich nur ausbezahlt, wenn keine Verbindung irgendwelcher Art nachgewiesen werden könnte. Deshalb war Cory sicher, dass ein Auftragnehmer in dieser neuen Situation alle Spuren inklusive Renée zuerst beseitigen musste, bevor er sich an den eigentlichen Auftrag heranmachen würde. Oder würde er diesen nun wegen der neuen Lage kündigen und einfach verschwinden? Das erschien ihm eher unwahrscheinlich, aber auf jeden Fall zu riskant, einfach als gegeben anzunehmen.

So hatte sich Cory dies nun definitiv nicht vorgestellt! Der Auftrag war glasklar ohne Kollateralopfer aufgesetzt und deshalb eigentlich jetzt schon hinfällig. Was sollte er nun machen? Als Allererstes musste er auf jeden Fall Gastner kontaktieren und den Auftrag sofort annullieren. Die Information sollte dann so schnell wie möglich an den Auftragnehmer gelangen, damit er oder eben sie, jegliche Aktionen sowohl gegen Renée, wie auch gegen ihn einstellte. Danach könnte Cory aufatmen und seinen ganzen Plan in Ruhe neu überdenken. Es war ihm natürlich klar, dass dazwischen ein äusserst gefährlicher Zeitraum liegen würde. Er vermutete, dass wenn kein Geld mehr flösse, ein Profi keinen Auftragsmord mehr riskieren würde. Aber konnte er sich dessen wirklich sicher sein? Könnte er überhaupt einen solchen gefährlichen Zeitraum sicher überbrücken? Diese Gedanken begannen ihn zu quälen. Ergab dies alles überhaupt einen Sinn, fragte sich Cory? Er war immer mehr verwirrt und fürchtete fast einen Realitätsverlust zu erleben.

Inzwischen war er von Toms Hotel weggefahren und ertappte sich dabei, ziellos herum zu radeln. Scheisse, Scheisse, Scheisse, was passiert mit dir? Wohin willst du eigentlich?, fragte sich Cory. Ach ja, natürlich, zum Apartment zurück, du Idiot!

Clearwater, 16. April/09:00

Völlig nüchtern betrachtet, könnte Cory eigentlich alles einfach schlittern lassen. Das Resultat würde schlussendlich ganz gut seinem Willen entsprechen. Leider aber nur teilweise, da Renée nicht mehr sicher wäre. Das konnte und wollte er nicht verantworten. Zudem hatte er nie nur das Geringste über die Ausführung des Auftrages wissen wollen. Der ganze Sinn der Sache war, dass es aus dem Nichts geschehen sollte. Aber jetzt wusste oder vermutete er zumindest, wer sich dessen annehmen würde und auch, dass es in Kürze geschehen musste. Das lief seinen Vorstellungen zuwider, das wollte er unterbinden. Aber wie in aller Welt sollte er es jetzt mit einem Profi aufnehmen, denn er war sicher, dass Gastner einen guten Profi angeheuert hatte. Oder hiess es in diesem Fall „Profin"? Dieses „Innen"-Getue ging Cory schon immer auf den Wecker, es schien eine verbreitete, vor allem deutsche Untugend zu sein, alles auch mit Woken-Formen bezeichnen zu wollen. Zudem wurde dies meist nur für positive Bezeichnungen gemacht. Ging es um negative Ereignisse wie Verbrechen, wurde meist immer noch nur die männliche Form verwendet. Warum zum Teufel gingen ihm in diesem Moment solch blöde Gedanken durch den Kopf, fragte er sich, er hatte weiss Gott wichtigeres zu überdenken. Nun ja, wenigstens schien sein Gehirn wieder etwas klarer zu funktionieren. Es erfüllte ihn beinahe eine Art Erleichterung, dies fühlen zu können. Aber das half kaum bei seinen wilden Gedankenspielen, wie er weiter vorgehen wollte.

Inzwischen war Cory doch noch bei seinem Apartment eingetroffen. Es war ihm klar, dass er keinesfalls irgendeine Änderung in seinem Verhalten zeigen durfte. Vielleicht war er nämlich schon unter intensiver Beobachtung. Unterdessen hatte er den Entschluss gefasst, mindestens Renée sofort aus der Schusslinie zu nehmen.

Im Apartment holte er alle Dokumente und Geld aus dem Safe. Als Renée gut gelaunt aus dem Badezimmer kam, nahm er sie bei der Hand, schaute ihr mit ernster Miene in die Augen und sagte mit belegter Stimme:

- Renée, hör mir genau zu, es ist lebenswichtig. Vor einer Stunde wurde Tom tot aufgefunden, weisst du, der Tom von gestern Abend. Das ist leider kein Zufall. Wir müssen schnellstens weg, ohne dass es jemandem auffällt. Im Auto erkläre ich dir mehr. Pack deine Sachen und verhalte dich möglichst unauffällig. Ziehe dir Golfsachen an, nimm deine Tasche und den Golf Sack und folge mir in das Auto. Keine Fragen jetzt, bitte!

Sein eindringlicher Blick wirkte, denn sie machte mechanisch genau, was er befahl. Cory zog ebenfalls seine Golfsachen an und ging mit dem Sack zum Auto, wo Renée bereits am Einsteigen war. Sie fuhren los Richtung Golfplatz. Cory schluckte zuerst ein paar Mal und begann dann mit leiser Stimme zu sprechen:

- Renée. Es gibt Restanzen aus meinem Leben, die sind schwer zu erklären. Dies ist auch der Grund meines Weglaufens und des versuchten Abwürgens unserer Beziehung. Ich fand es wirklich schön, als du mir nachgereist bist und habe die Zeit mit dir genossen. Ich glaubte nicht mehr, dies je wieder sagen zu können, aber ich liebe dich Renée. Mit diesem Vorfall hat mich leider die Vergangenheit eingeholt und dich dabei mit in Gefahr gebracht. Genau dies wollte ich immer verhindern, und deshalb muss ich jetzt handeln. Du solltest abreisen, heute und sofort. Ich will und darf nicht wissen wohin, und du musst unterwegs versuchen, zwei- bis dreimal deine Pläne willkürlich zu ändern. Schalte Handy und Computer für zwei Tage aus, kein Facebook, kein Twitter oder Instagram, keine Kreditkarte und keine Ortsangaben. Man wird dich nicht aktiv verfolgen und nach zwei Finten bist du in Sicherheit. Versuche nicht, mich irgendwie wieder zu finden, gehe nicht auf unsere vergangenen Spuren ein. Lebe dein Leben und vergiss mich. Ich werde dir genug Geld mitgegeben, um komfortabel nach Hause zu kommen.

Er legte eine Pause ein. Sie sass völlig versteinert neben ihm.

- Wir werden eine Runde Golf beginnen. Am dritten Loch werde ich dich schnell an den kleinen Hafen fahren, der gleich neben dem Green ist. Da fragst du irgendjemanden, ob er dich ans andere Ufer bringen kann und von dort an lass deine Fantasie walten.

Cory schluckte schwer, dann sagte er noch:

- Es tut mir unendlich leid.

Genau so lief es denn auch ab. Renée spielte unauffällig mit, sonst herrschte konsterniertes Schweigen. Keiner wusste, was er sagen oder fragen sollte. Die Situation und die Stimmung hatten sich für Renée jedenfalls viel zu schnell um 180 Grad gedreht, sie hatte im Augenblick gar nicht die Möglichkeit, die ganze Tragweite zu erfassen. Sie spielte mechanisch mit bis zum dritten Loch, dort sprang sie mit ihrer Tasche vom Golfcart und lief zum Yachthafen. Sie schaute noch kurz zurück, drehte dann abrupt ab, und Cory sollte sie nie mehr sehen. Es tat ihm brutal weh, aber er wusste, er tat das einzig Richtige.

Corys Gehirn lief auf Hochtouren, es schien momentan keine Anzeichen der drohenden Minderleistung zu zeigen. Das war ja der tiefere Grund des Auftrages. Der letzte medizinische Checkup ergab eine sich abzeichnende hohe Wahrscheinlichkeit einer Form von Altersdemenz und dies schon in absehbarer Zeit. Das hatte ihn in seinen Grundfesten erschüttert. Der Fortschritt der Medizin, eine bessere Ernährung und gesündere Lebensweise führten zu einer immer höheren Lebenserwartung des Homo sapiens. Einzig sein Gehirn schien diesem Trend nicht ganz folgen zu können. Da fragt sich natürlich, was diese Zugabe an Jahren schlussendlich bringt, wenn man sie oft nicht mehr bewusst erleben kann und lediglich zu einer riesigen Belastung der Angehörigen oder des völlig übertragenen Gesundheitswesens wird? Das Perfide ist, dass man es kaum antizipieren kann, es kommt schleichend, und wenn es feststellbar wird, so ist es für den Betroffenen oft schon zu spät zu reagieren. Cory bewunderte deshalb Gunther Sachs und Robin Williams für ihr vielleicht eher verfrühtes, aber entschiedenes Handeln, als sie mit ihrer unabwendbaren Demenz konfrontiert wurden. Er selbst wusste jedoch, dass er zu feige wäre, sich selbst eine Kugel zu geben. Cory wünschte, in Würde zu gehen, und es gab eigentlich niemanden, dem er ernsthaft fehlen würde. Er wollte seiner Tochter als liebender, aber etwas eigenbrötlerischer Vater in Erinnerung bleiben, seiner Ex einfach nur als korrekt. Sicher war da auf einmal Renée, aber gerade ihr wollte er auf keinen Fall als Pflegefall auf der Pelle liegen, und deshalb fiel ihm dieses abrupte und schmerzvolle Auseinandergehen zwar schwer, aber es kam ihm eigentlich fast gelegen. Die nicht ganz ehrliche Erklärung seines Verhaltens sollte bei Renée eine mögliche Schwermut verhindern. Mitleid konnte Cory aufs Blut nicht ausstehen, und so nebenbei würde ihn dieser Abgang in mysteriöser Erinnerung bleiben lassen, und das war ihm ganz recht!

Cory spielte die Runde Golf ruhig zu Ende. Dann ging er ins Clubhaus und ass etwas Kleines. Wo war Renée wohl inzwischen schon? Wenn sie plötzlich nicht mehr auf dem Parkett erschien, so würde Mirja, wie jeder Profi, der hinter ihr her wäre, erst einmal Cory beobachten. Wenn sie dann immer noch nicht auftauchte, wahrscheinlich ihn selbst schnappen und Renées Aufenthaltsort herauspressen, nur um dann beide zu liquidieren. Oder sie würde die Aktion ganz abblasen, da dies nun zu weit über den Auftragstext hinausging, das Honorar nicht mehr garantiert und damit das Risiko nicht mehr wert war. Aber konnte Cory es darauf ankommen lassen? Einmal mehr befand er, dass dies kaum abschliessend zu beurteilen war. Daher musste er nun ohne Zeit zu verschwenden den Auftrag bei Gastner annullieren.

Clearwater, 16. April/15:00

- Guten Tag Herr Derrungs. Wir wollten doch eigentlich nichts mehr voneinander hören?
- Das war auch meine Absicht, glauben Sie mir. Aber hören Sie gut zu, es ist äusserst wichtig: Hiermit annulliere ich den Auftrag gemäss Punkt 7. Bitte informieren Sie den Auftragnehmer so schnell wie möglich.
- Ich habe mir schon fast gedacht, dass Sie kalte Füsse kriegen werden. Sie waren noch nie einer, der eine Sache konsequent durchzog.
- Sparen Sie sich Ihren Spott und machen Sie einfach, wofür Sie bezahlt werden. Wenigstens das haben Sie bisher meistens gut gemacht. Aktuell scheint Ihre Wahl des Auftragnehmers jedoch für einmal suboptimal ausgefallen zu sein. Deshalb muss ich den Auftrag leider annullieren.

Gastner war schlau genug, um zu spüren, dass da etwas nicht stimmte.

- Was ist schiefgelaufen, wenn ich fragen darf?
- Fragen dürfen Sie, und ich gebe ihnen sogar eine ehrliche Antwort. Vielleicht können Sie damit etwas anfangen. Vermutlich wegen eines Fehlers des Auftragnehmers gab es ein unbeteiligtes Opfer. Also ein Kollateralschaden, etwas das ich, wie Sie sicher noch wissen, explizit ausgeschlossen hatte. Zudem ist jetzt noch eine weitere Person in Gefahr. Der Auftragnehmer muss sie vermutlich ausschalten, um keine Spuren zu hinterlassen. Fragen Sie mich nicht, wie und warum ich das annehme, es ist schwierig, dies am Telefon zu erklären. Ich kann deshalb leider nicht Punkt fünf aufrufen, was ich liebend gerne täte. Diese gefährdete Person liegt mir sehr nahe und deshalb bitte ich Sie eindringlich, den Auftrag so schnell wie möglich zu annullieren und dem

Auftragnehmer zudem deutlich zu verstehen zu geben, dass weitere Opfer nichts bringen, lediglich ein erhöhtes Risiko für ihn. Auch dass er bei Kooperation die nach Punkt acht ausgemachte Restsumme erhalten wird. Weiter, und das ist äusserst wichtig ihm mitzuteilen, werde ich meinerseits auch keine Informationen an die lokale Polizei zu dem erwähnten Vorfall weiterleiten. Er wird wissen, was ich damit meine. Ich will nur keine weiteren Opfer. Bitte.

Für einen Moment herrschte betretene Stille. Dann sagte Gastner ernst:

- OK, das habe ich begriffen. Ich werde das Nötige schnellstmöglich veranlassen.
- Vielen Dank. Bitte senden Sie mir eine SMS, sobald der Auftragnehmer informiert ist, und eine Bestätigung, dass er kooperieren wird.
- Wird erledigt. Werden Sie mich in den nächsten Tagen kontaktieren und besprechen, wie es weitergeht?
- Das muss jetzt warten. Das Schicksal der Drittperson ist momentan am vordringlichsten.
- Das habe ich verstanden. Sie hören von mir.

Clearwater, 16. April/17:00

Es begann leicht zu regnen. Florida kann manchmal recht kühl werden, und Cory zog eine leichte Jacke an. Er hatte über das Internet ein einfaches Motel in Sarasota gebucht, auf den Namen von Renée. Danach ging er zum Hotelschalter und bat alle Meldungen für Renée an dieses Motel weiterzuleiten. Natürlich erwartete er keine Meldungen, aber beides würde eine unverdächtige, aber falsche Spur für Mirja hinterlassen. Neben der Theke sah er beiläufig eine Prospektwand und entdeckte darauf eine Werbung zum Nachtfischen. Schnell erkannte er die Möglichkeit einer Finte für sich selber, denn er musste Mirja so gut es ging, ein bis zwei Tage auch von sich fernhalten. Erstens, um Gastner Zeit zur Annullation zu geben und zweitens, um Renées Vorsprung zu vergrössern. Er bat den Concierge, das Nachtfischereiunternehmen anzurufen, da sein Handy im Zimmer sei. Er möchte bitte fragen, ob noch ein Platz frei sei für heute Nacht. Nach einigen Minuten erhielt er Bescheid. Wenn es ihm nichts ausmache, so habe es noch Platz inmitten einer Gruppe chinesischer Touristen. Das sei perfekt, meinte Cory mit der Bitte, dies doch gleich zu buchen.

Sein Plan war relativ simpel, es entsprach einer seiner Lebensphilosophien, nämlich dass die einfachen Lösungen meistens die besten waren. Deshalb verachtete Cory die *Classe Politique* und deren Administratoren. Diese mieden einfache Lösungen wie die Pest. Sie wären für ihre Wähler zu transparent und entlarvten deshalb allzu schnell die Inkompetenz des aufgeblasenen Apparates, den diese Gilde in ihrer Selbstherrlichkeit aufbaute. Mit Hilfe einer Horde von Lobbyisten und Rechtsverdrehern auf der Rechten und einer noch grösseren Horde von jung, übersozial und nutzlosen Betreuern auf der Linken wird ein Selbstbedienungsladen namens Staat unterhalten, der einfach nur noch von der fatalistischen Verdrossenheit des bezahlenden Bürgers übertroffen wird. Alles im Namen des Volkes, das ja nach dessen sprichwörtlichem Munde die Regierung habe, die es verdient und jederzeit eine andere einsetzen könnte. Praktisch ist dieses Volk jedoch kaum mehr imstande, dies alles zu kontrollieren, geschweige denn, irgendwen abzusetzen oder zur Rechenschaft zu ziehen. Huxleys Brave New World ist klammheimlich institutionalisiert worden, und niemand hat es bemerkt. Vor allem Zwei-Parteien-Systeme eignen sich hervorragend dafür, da immer die regierende Partei für diesen Unsinn angeprangert werden kann. Natürlich nur für die Themen, die der Opposition auf dem Magen liegen. Bei einem Machtwechsel läuft das Rösslespiel dann einfach umgekehrt. Die sogenannte regulierende vierte Macht, die Medien, spielt wacker mit, manchmal zustimmend, manchmal entrüstet und protestierend, aber meist nur scharf auf einen süffigen Scoop. Dieses Trauerspiel fördert immer mehr eine neue Parallelwelt auf den sozialen Medien, wo vor allem die junge Generation vorzugsweise auf diese surreale Schiene ausweicht. Das könnte durchaus interessant sein und etwas Neues, Reinigendes entfachen. Momentan ist es jedoch mehrheitlich eine gefährliche Entwicklung, denn durch dieses kollektive Abschweifen wird die Tagespolitik opportunistischen Populisten jeglicher Couleur überlassen. Es schien Cory, als ob überall eine gut getarnte Oligarchie herrsche und dies niemanden allzu fest kratzen würde, solange der Rubel rollt. Profitieren tun aber nur die Schergen der Finanz- und Unterwelt sowie deren Politvasallen. Sei's drum, du hast jetzt andere Probleme, ermahnte er sich.

Clearwater, 16. April/19:00

Cory war inzwischen überzeugt, dass Mirja der Auftragnehmer war, mit anderen Worten, der engagierte Profikiller. Fortan wollte er dementsprechend handeln und sich nicht mehr durch Zweifel aus der Fassung bringen lassen. Es war dies die sichere Variante. Falls er sich täuschte, so hätte er sich nur vor Gastner blamiert, leider aber auch Renée verloren. Ersteres war ihm egal und Letzteres hatte er sowieso vorgehabt. Cory nahm an, dass Mirja nach dem Mord an Tom nun schnell handeln musste. Sie war unter Zeitdruck, falls sie überhaupt noch in Florida zuschlagen und dann schnell verschwinden wollte. Die Polizei mochte zwar noch im Dunkeln tappen, aber die waren beileibe keine Trottel und könnten eine reelle Bedrohung für sie werden. Corys Plan war also eine falsche Spur von sich zum Nachtfischen sowie eine andere von Renée in Richtung Motel zu legen. Sie würde somit viele Kilometer zwischen sich und der Gefahr bringen können, und er musste sich selbst für den Moment nur rarmachen. Toms Tod wollte ihm dabei nicht aus dem Sinn. Es sah so bombensicher nach Unfall aus und würde wahrscheinlich auch so durchgehen. Wie plante Mirja nun, ihn und Renée zu liquidieren? Sie schien jedenfalls ihr Metier zu beherrschen. Cory erinnerte sich an ihren kurzen Auftritt am Fest, und wie er von dieser Frau fasziniert war. Das kollidierte nun diametral mit den aktuellen Gefühlen und der Verachtung für eine kaltblütige Mörderin. Dennoch konnte er die Faszination für sie nicht ablegen.

Der Himmel war düster, und es regnete nun heftig. Wenn sich in dieser Gegend eine Gewitterfront etablierte, so schien es oft, als ob der Weltuntergang bevorstünde. Es roch nach nassem Asphalt und verrottenden Algen, die von starken Winden an das Ufer gespült wurden. Eigentlich sollte ihn der selten heftige Wind zum Surfen animieren, aber das garstige Wetter und vor allem die Umstände vermiesten ihm dies gründlich. Er hatte

noch keine SMS von Gastner erhalten und erneut anrufen nützte nichts, denn in der Schweiz war es kurz nach Mitternacht. Er musste warten, dabei begann er alle Sachen, die ihm nützlich erschienen, ins Auto zu packen. Wahrscheinlich sollte er nach dem vorgegaukelten Fischen nicht mehr in sein Apartment zurück und musste sich anderweitig verstecken, falls immer noch keine SMS eingetroffen war. Cory fuhr in der Zwischenzeit zu der Autovermietung, wo er unter einem Vorwand sein Mietauto umtauschte, da Mirja seines sicherlich kannte.
Wohin sollte er sich nun verstecken gehen? Cory hatte noch keinen Plan, er fuhr einfach mal los in Richtung Süden. Warum eigentlich nach Süden, fragte er sich nach wenigen Minuten? Das gebuchte Motel war im Süden, demnach müsste er eigentlich um 180 Grad verkehrt fahren, wenn er nicht mit Mirja in Konflikt geraten wollte. Immer unter der Annahme, dass sie den Köder geschluckt hatte und Renée in Sarasota abfangen wollte. War es sein Unterbewusstsein, das ihn steuerte? Wahrscheinlich überwog seine Neugierde, und er wollte heimlich beobachten, ob seine Vermutung stimmte. Je länger die Fahrt, desto mehr begann sich Cory mit diesem Gedanken anzufreunden. Mirja konnte kaum annehmen, dass er ihr auf die Schliche gekommen war, somit hatte er gute Chancen, sie unerkannt zu beobachten. Jawohl, sagte er sich, so gehe ich vor und begann eifrig Pläne zu schmieden. Er fuhr also weiter nach Sarasota, die Chinesen würden ihr Nachtfischen heute leider ohne ihn durchführen müssen.

Clearwater, 16. April/20:00

Am Empfang der Blue Wave Apartments meldete sich ein Kurier, besser gesagt eine Kurierin von FedEx. Sie wollte ein Paket für Frau Greider abliefern. Der Concierge sagte ihr, dass Frau Greider abgereist war, alle Meldungen oder eben Pakete sollen doch bitte an das Rodeway Inn in Sarasota gehen. OK, dann gehe das Paket halt heute Nacht noch weiter nach Sarasota, meinte der Kurier.

Interstate 275, 16. April/21:00

Während der ganzen Fahrt schaute Cory immer in den Rückspiegel, um zu prüfen, ob er vielleicht trotz seiner Finten verfolgt wurde. Er konnte ein leises Prickeln nicht abstreiten, aber ob dies aus aufkommender Angst und Anspannung oder aus Sorge für Renée war, wusste er nicht. Cory ging unterwegs in einen grossen Walmart, beschaffte etwas Proviant und als Ablenkung einigen Krimskrams, der nützlich werden konnte. Er liebte diese Allerleiläden und kaufte schon früher leidenschaftlich Zeugs, das sich dann oft als nicht ganz so nützlich erwies, wie es im Laden erschien.

In Sarasota angekommen musste sich Cory zuerst eine Übersicht der Umgebung verschaffen. Er hatte zwar auf Google Earth einen ersten Eindruck eingeholt, der war aber nicht präzise genug. Diese Besichtigung musste schnell und unauffällig geschehen, er hatte wahrscheinlich nur wenig Zeit, bis Mirja auch auftauchen würde. Die Stadt war breit angelegt, deshalb schien es nicht ganz einfach, das Motel unauffällig beobachten zu können. Nach diesem ersten Augenschein beschloss Cory, das Zimmer zu beziehen. Anhand der Reservierung und weil das Zimmer bereits bezahlt war, gab man ihm den Schlüssel ohne grosse Fragen. Im Zimmer bearbeitete er das Bett und das Badezimmer, damit es belebt aussah. Dann begab er sich zurück zum Auto und parkte auf der anderen Strassenseite bei einem leer stehenden Gebäude. Es waren noch andere Autos dort geparkt und das passte gut, denn damit war es ein unauffälliger Platz mit guter Sicht auf die Umgebung. Dann legte er sich auf die Lauer und machte sich gemütlich über die Esswaren her, die er gekauft hatte.

Eigentlich hatte Cory keine Ahnung, wie lange er nun in dieser Situation ausharren sollte und ob es überhaupt Sinn machte. Mirja könnte durchaus noch ein bis zwei Tage warten, auch wenn damit das Verfolgen von zwei Personen immer unberechenbarer wurde.

Es regnete ununterbrochen, die Sicht war lausig und es war kühl. Corys Stimmung begann je länger, desto tiefer zu sinken, und er begann an seinen Plänen zu zweifeln. Auf was zum Geier hatte er sich da eigentlich eingelassen? Musste dies überhaupt sein? Hätte er nicht wie jeder normale Mann älter werden können, alle begleitenden Gebrechen akzeptieren, in die Anonymität abgleiten, dem Sozialsystem tierisch auf den Geldbeutel gehen, um schliesslich diskret und wahrscheinlich nicht mehr ganz bei Sinnen abzukratzen? Es hätte niemanden wirklich gestört, nur ihn in seinem Stolz. Nein, sagte er sich entschieden, alles nur nicht das! Cory war sich solch ödes Warten nicht mehr gewohnt. In seinem Beruf musste er dies früher oft erdulden, aber im Moment ertappte er sich immer wieder beim Einschlafen. Zudem war ihm kalt. Nass und kalt akzeptierte er eigentlich nur beim Sport, sonst war ihm eine warme Umgebung um einiges lieber. Er rekelte sich so gut es ging in seinen Huddy und versuchte wach zu bleiben, indem er alle möglichen Szenarien erneut durchdachte. Wie so oft in letzter Zeit bereitete es ihm jedoch Mühe, konzentriert und zielgerichtet zu denken. Seine Gedanken schweiften gerne ab, er kam ins Philosophieren und vergass manchmal sogar, wo er angefangen hatte. Wie schon seit geraumer Zeit döste er gerne mal weg, wenn keine positive Stimulation da war. So wie jetzt auch wieder. Das hatte ihm Renée oft zum Vorwurf gemacht, denn sie betrachtete es als taktloses Desinteresse. Nur er wusste, es steckt mehr dahinter.

Yesterday by The Beatles

Yesterday, all my troubles seemed so far away
Now it looks as though they're here to stay
Oh, I believe in yesterday
Suddenly, I'm not half the man I used to be
There's a shadow hanging over me.
Oh, yesterday came suddenly

Sarasota, 17. April/02:00

Plötzlich schreckte Cory aus seinem Schlummer auf, denn ein paar Meter entfernt parkte ein weiteres Auto. Das Licht ging aus, aber niemand stieg aus. Da seine Scheibe voller Regentropfen war, konnte er den Fahrer schlecht erkennen, war jedoch sofort hellwach. Könnte es Mirja sein, ausgerechnet hier? Vermutlich ja, denn Mirja würde sich wahrscheinlich genau wie er einen guten Platz aussuchen, um das Motel vorerst unauffällig zu beobachten. Er verstellte den Sitz vorsichtig nach hinten, damit er die rechte Hinterbank hinunterfalten konnte. Dann kroch er in den Gepäckraum, um unbemerkt eine bessere Sicht aus dem hinteren Fenster zu haben. Nach geraumer Zeit beobachtete er, wie der Fahrer vorsichtig aus dem Auto stieg, ohne dass im Inneren des Autos ein Licht anging. Scheisse, klar, sagte sich Cory, das musst du auch sofort ausschalten, beginn jetzt nicht dumme Fehler zu begehen! Der Fahrer ging behutsam in Richtung des Gebäudes, die Kapuze seiner Sportjacke über den Kopf ziehend, um nicht verregnet zu werden. Er versuchte über eine Pfütze auf die gedeckte Veranda zu hüpfen, dabei erkannte Cory sofort: Es war Mirja! Es waren dieselben durch Rückenbeschwerden gehemmten Bewegungen, die er an der Party bei ihr beobachtet hatte. Ihre Haare mussten zusammengebunden sein, und sie trug männliche Kleidung, aber für Cory bestanden keine Zweifel, dass sie es war. Inzwischen hatte sie sich fast unsichtbar am Rande des Gebäudes eingefunden.

Er hatte mit seiner Vermutung also recht gehabt! Alle Gedankenspiele waren jetzt hinfällig, es herrschte plötzlich brutale Realität. Er beobachtete live seine Henkerin, wie sie sich kaltblütig auf die Lauer legte, um ein weiteres unschuldiges Opfer aus dem Weg zu räumen, damit sie an das fette Honorar kam.

Was sollte er nun machen? Auf einmal erschien ihm sein Unterfangen ziemlich unüberlegt. Sicher, er hatte jetzt die Gewissheit, dass Mirja hinter ihnen her war. Aber was nützte ihm das? Nun gut, er konnte sich weiterhin verstecken und die SMS abwarten, was ja sein ursprünglicher Plan war. Aber im Angesicht einer Profikillerin, die seine unschuldige Freundin umbringen wollte, wurde er auf einmal richtig sauer. Ihn selbst zu erledigen, war das eine, das hatte er dementsprechend in Auftrag gegeben, aber dass Renée jetzt auch noch zur Zielscheibe wurde, akzeptierte er nicht. Cory bekam immer mehr das irrationale Bedürfnis, sich diese Mirja vorzuknöpfen, auch wenn er dabei drauf ginge. Es war ihm plötzlich egal, zu verlieren hatte er nicht mehr viel. Angespannt beobachtete er Mirja. Wusste sie schon, in welchem Zimmer Renée einquartiert war, oder würde sie noch mehr Informationen brauchen? Würde sie sofort zuschlagen oder später? Das spielte eigentlich keine Rolle, sagte er sich. Immer wütender beschloss er, hier und jetzt als Erster zu handeln. Das Überraschungsmoment war auf seiner Seite und dieses wollte er in der jetzigen Situation nicht mehr aus der Hand geben.

Sarasota, 17. April/02:30

Es war inzwischen morgens um zwei und trostlos eintönig im kontinuierlich niederprasselnden Regen. Cory nahm deshalb an, dass Mirja in Kürze in Richtung Zimmer gehen und sich Eintritt verschaffen würde, um dann zuzuschlagen. Vielleicht, vielleicht aber auch nicht, vielleicht plante sie etwas völlig anderes. Erneut kamen ihm Zweifel auf, und diese Ungewissheit nagte gehörig an seinen Nerven. Er überlegte sich zudem, wie er Mirja überhaupt überwältigen wollte, er hatte ja keine Schusswaffe. Da fiel ihm ein, dass er doch seine Golfschläger im Fond hatte und entschloss sich deshalb, seinen alten, aber heissgeliebten Approach Wedge zu gebrauchen. Nach einer schier endlosen Wartezeit bewegte sich Mirja endlich auf das entfernte Ende des Gebäudes zu, ging um die Ecke und verschwand aus Corys Gesichtsfeld. Das war seine Chance! Schnell stieg er aus und bewegte sich im toten Winkel zum anderen Ende des Gebäudes. Er wollte sicherstellen, sie stets beobachten zu können. Ziemlich unerwartet kam Mirja jedoch zurück und bewegte sich vor dem Gebäude langsam genau dem Ende zu, wo er sich gerade verstecken wollte. Cory machte sich klein, sein Herz raste und mit dem Schläger im Anschlag wartete er gespannt auf einen Schatten, der sich um die Ecke bewegen würde. Cory wusste, dass er sofort und entschieden zuschlagen musste, er wusste auch wohin, nämlich auf die rechte Schulter. In den 60ern hatte Cory Eishockey gespielt. Damals hatte man auf den Naturseen noch keine teuren Gelenkschütze, und er mochte sich gut erinnern, einen Stockschlag auf die Schulter erhalten zu haben. Es tat höllisch weh, aber schlimmer noch waren die langanhaltenden Lähmungserscheinungen. Genau dies wollte er nun erreichen, denn ein Schlag auf den Kopf war zu gefährlich, wenn er Mirja noch zur Rede stellen wollte. Sie musste jedoch in jeder Art von Nahkampf und sonstigen Brutalitäten gut ausgebildet sein, deshalb verspürte Cory doch langsam aufkeimende Angst.

Es geschah lange nichts, im niederprasselnden Regen hörte man auch kaum etwas. Cory wartete angespannt, alles schien eine halbe Ewigkeit zu dauern, und seine Gedanken schwirrten wild umher in Erinnerung vieler Actionfilme. Wie einfach war es doch für diese Superhelden, immer völlig abgeklärt und richtig zu reagieren. Er stellte sich auch vor, wie er mit blossen Fäusten oder einem gezielten Handkantenschlag die übermächtige Gegnerin locker und mit einem flotten Spruch aus dem Verkehr ziehen würde, als er plötzlich einen Schatten erspähte. Instinktiv machte er einen halb entschlossenen, halb panikartigen Schritt nach vorne, erkannte Mirja und schlug ihr mit aller Kraft den Golfschläger auf die rechte Schulter. Sie sackte völlig verblüfft mit einem Seufzer zu Boden. Halb aus Angst, aber auch von erlösender Euphorie getrieben, schlug Cory gleich noch einmal heftig auf ihren linken Oberschenkel, um ganz sicherzugehen. Als sie stöhnend vor ihm am Boden lag, sagte er:

– Keinen Laut und keine Bewegung, sonst schlage ich noch einmal genauso hart auf den Kopf! Klar?

Sie nickte und hielt so gut es ging ihr schmerzvolles Stöhnen zurück. Cory suchte nach etwas, um sie zu fesseln. Die Spannschnur der Kapuze seiner Jacke kam ihm dabei gelegen. Er riss sie heraus, zog ihr beide Hände auf den Rücken und fesselte sie damit provisorisch. Er spürte, dass sie versuchte, eine Abwehrbewegung zu machen, realisierte aber schnell, dass ihr weder der rechte Arm noch das linke Bein richtig gehorchen wollten. Cory setzte sich neben sie und nahm ein paar tiefe Atemzüge, dabei ermahnte er sich sofort keine Müdigkeit aufkommen zu lassen, denn sie war wahrscheinlich auch in diesem Zustand noch gefährlicher als eine Klapperschlange. Kurzerhand griff er unter ihre linke Schulter und zerrte sie zu seinem Auto. Dort klappte er die Bank wieder nach vorne und hievte sie auf den Rücksitz. Dabei spürte und hörte er, dass es sie schmerzte. Doch nach einer weiteren Warnung schwieg sie und liess alles mit sich geschehen. Cory suchte in seinem *Duffle Bag* nach dem *Duct Tape* und fesselte damit ihre Hände und Füsse übergründlich, zudem klebte er ihr ein Stück über den Mund. Dann durchsuchte er ihre Manteltaschen. Zu seinem grossen Erstaunen fand er keine Schusswaffe, dafür einen elektrischen Schockstab, einen Kopfhörer und ein Pfefferspray. In der anderen Tasche befanden sich Plastikhandschuhe und ein Tuch. Er verstaute die Sachen zurück in seinen *Duffle Bag*, genauso wie ihre Bauchtasche, die er erst jetzt bemerkt hatte. Dessen Inhalt würde er später untersuchen, aber zuerst nahm er noch ein Spannset aus der Windsurftasche und band Mirja auf dem Rücksitz fest.

Sarasota, 17. April/03:30

Es regnete immer noch, und was Cory vor Stunden verflucht hatte, kam ihm inzwischen ganz gelegen. Erstens war buchstäblich niemand unterwegs und zweitens wurden alle Geräusche fast völlig unterdrückt. Das Überwältigen von Mirja erschien ihm im Nachhinein einfach, er war jedoch etwas verblüfft ob seiner Kühnheit. Oder ob seiner Blödheit, wie er langsam erkannte, denn was sollte er jetzt mit der Situation anfangen?

Hinter den durch Tropfen getrübten Fenstern des Autos sowie das Opfer im Fond gut vertäut, fühlte er sich erst einmal sicher und beruhigt. Er wünschte sich sehnlichst, ein Nickerchen zu machen, da er nach all dieser Anspannung eine schleichende Müdigkeit empfand. Geht wohl erst später, vertröstete er sich und schaute nach hinten, direkt in die stechenden Augen von Mirja. Eigentlich müsste er sie einfach entsorgen, dann wären alle Probleme gelöst, sagte er sich. Aber er war kein Mörder, und zudem traute er sich nicht zu, dies spurlos erledigen zu können. Es schien zu riskant, und ein Abgang seinerseits in einem morbiden amerikanischen Gefängnis wäre auch nicht gerade nach seinem Geschmack. Zudem hatte er noch ein Hühnchen mit Mirja zu rupfen, und wenn die SMS endlich ankam, wollte er ihr diese unter die Nase halten. Doch da waren diese unheimlichen Augen! Er begann zu ahnen, dass die nächste Zeit wohl kaum so problemlos ablaufen würde. Trotz der Situation war er von diesen Augen fasziniert. Sie funkelten wie die eines Pumas hinter Gittern, schön und gefährlich zugleich, man konnte fast nicht wegschauen, genau wie auch sie nicht wegschauten.

Ihm schwante langsam, wie aussichtslos sein Unterfangen eigentlich war, es würde immer eine Restgefahr bleiben. Im Moment musste er Mirja zuerst einmal verstecken und er beschloss, dass sein Apartment die beste Lösung war. Er konnte dort ohne aufzufallen den Room-Service benutzen sowie ein- und ausgehen, ohne irgendwelchen Verdacht zu erwecken. Es war mit zwei Zimmern auch gross genug, um Mirja zu verstecken. Aber es blieben nur noch etwa zwei Stunden, dann begann der Morgenverkehr, somit musste er vorwärtsmachen. Er nahm den Autoschlüssel von Mirja und ging zu ihrem Auto. Dort fand er eine grosse Tasche im Fond und einige Sachen im Handschuhfach. Er packte alles ein und liess das Auto abgeschlossen dort. Dann fuhr er los.

Während der Fahrt kreisten seine Gedanken wild umher. Er hoffte, dass ein Handy oder ein Computer in Mirjas Tasche war, denn irgendwie musste eine Meldung von Gastner bei ihr eintreffen, sonst waren alle seine Bemühungen hinfällig. Cory malte sich ihre Reaktion aus, wenn ihr klar werden sollte, dass kein Honorar mehr flösse. Würde Mirja einfach verschwinden, oder waren er und Renée dennoch eine zu grosse Gefahr für sie? Diese Frage begann ihn zu quälen. Er verpasste die Ausfahrt, schien etwas verwirrt und hatte seit einigen Minuten das bedrückende Gefühl, etwas Wichtiges vergessen zu haben. Was war da noch? Er wusste, dass er eine Nachricht erwartete von ...?? Manchmal entwischten ihm Namen, sogar wohlbekannte, und er konnte sie beim besten Willen nicht sofort wieder einfangen. Auch der Versuch, auf der Gedankenspur zurückzufahren, half selten. Meistens kam ihm der Name dann gleich wieder in den Sinn, wenn er das Suchen aufgegeben hatte und von anderen Dingen abgelenkt wurde. Hier aber befiel ihn eine leise Panik, denn er konnte sich solche Unsicherheiten jetzt nicht leisten! Eine seiner Stärken lag in seinem analytischen Verstand und der Fähigkeit, das Wesentliche sehr schnell erfassen zu können. Das hatte ihm beruflich immer weitergeholfen. Er lebte seit Längerem gut und finanziell abgesichert, ohne weitere Karrieregelüste und ohne politische oder gesellschaftliche Ambitionen. Das Leben stimmte für ihn bis zu dem Moment, als er akzeptieren musste, dass sein Gehirn langsam aber scheinbar unausweichlich zu Versagen begann. Das geistige Nachlassen sowie das Verändern seines Selbstwertes durch diese Schwäche widerstrebten ihm abgrundtief und deshalb verdrängte er es einfach.

Gastner war es, der sich melden sollte! Ja klar, er erinnerte sich plötzlich wieder und ärgerte sich fürchterlich. Inzwischen waren sie vor Corys Apartment angekommen. Er drehte sich zu Mirja um und sagte:

– Eigentlich sollte ich dich einfach in einen Alligatorentümpel schmeissen. Vielleicht kommt es ja noch so weit. Im Moment aber werde ich dich in mein Apartment einschliessen. Ich habe keinerlei Skrupel, wieder zuzuschlagen und diesmal ist dein Kopf nicht ausgenommen. Also, keinen Laut und keine Spielchen, ist das klar?

Sie nickte. Es war immer noch dunkel und nieselte inzwischen nur noch, aber alles war ruhig und scheinbar im Tiefschlaf. Er stieg aus und schloss die Türe zum Apartment auf, dann öffnete er die Autotür und band Mirja los. Mit dem Schläger in seiner Linken nahm er sie ziemlich unsanft unter der Schulter, die sie immer noch schmerzte. Er zerrte sie schnell ins Zimmer, legte sie auf das Sofa und band sie mit den Spannsets daran fest. Als Nächstes holte er alle Taschen und Sachen aus dem Auto und parkte dieses etwas weiter entfernt auf dem Parkplatz des Hiltons. Beim Zurücklaufen rief er Gastner an, der nun wach sein sollte. Dieser nahm aber nicht ab, und es war auch immer noch keine SMS eingetroffen. Zurück im Apartment begann er Mirjas Taschen zu untersuchen. In der grossen befanden sich einige Kleider, ein riesiges Necessaire mit allerlei Kosmetika und vielen Arzneimitteln. Sie schien gröbere Rückenprobleme zu haben, denn neben Tigerbalsam und einem Stützband, fand er einige starke Schmerzmittel und Entzündungshemmer. Die anderen Mittel kannte er nicht.

– Brauchst du gerade dringend etwas davon?

fragte Cory und schwenkte das Necessaire. Sie verneinte und er wandte sich ihrer Bauchtasche zu. Da waren zwei Pässe drin. Das fand er nun richtig spannend! Es waren ein Schweizer Pass, lautend auf den Namen Maria Spengler, und ein Pass der Republica Moldova auf den Namen Maria-Lena Ardalean. Beide hatten dasselbe Geburtsdatum und schienen ziemlich echt, obschon er davon keine grosse Ahnung hatte. Wahrscheinlich hatte Tom „Maria" gesagt und Cory hatte „Mirja" verstanden. Also, Maria war 52 Jahre alt, kam aus Moldavien und hatte höchstwahrscheinlich in die Schweiz eingeheiratet. Weiter fand Cory etwas Geld und eine Kreditkarte. Die letztere lautete auf den Namen Marian Smith, also dem Namen, unter dem sie im Hyatt eingecheckt hatte. Zudem fand er auch noch eine amerikanische Social-Security-Karte und einen Fahrausweis auf denselben Namen. Damit hatte es sich zu seinem Leidwesen schon. Cory war überzeugt, dass sie irgendwo eine andere Bleibe hatte und dort noch mehr Sachen lagen. Irgendwo musste sie doch ein Handy oder einen Computer haben.

Cory bekam langsam Hunger, Maria sicher auch, aber noch wahrscheinlicher hatte sie Schmerzen durch die Schläge und die Fesseln. Das war ihm jedoch ziemlich egal, er bläute sich immer wieder ein, wie gefährlich sie blieb. Jetzt konnte er nicht mehr zurück und durfte seine Wachsamkeit auf keinen Fall vernachlässigen. Bevor er sich also irgendwie zurücklehnen konnte, etwas essen, geschweige denn schlafen, musste er sie absolut sichergestellt haben. Maria war mit Klebeband gefesselt und geknebelt sowie am Sofa angeseilt, das sollte für den Moment genügen, befand er und ging weiter auf Erkundung. Zuerst holte er den Schockstab aus seiner Tasche und untersuchte das Ding eingehend. Der Baton war etwa vierzig Zentimeter lang, mit zwei Metallspitzen an einem Ende, am anderen ein Griff mit einem Druckschalter. Man konnte diesen auf „ON", „OFF" sowie auf „Press" setzen. Er versuchte es und sah, dass bei „Press" ein kleiner elektrischer Bogen mit Zischgeräusch zwischen den Enden aufblitzte. Auf „ON" wurde dies durch leichten Druck der Enden auf ein Objekt ausgelöst. Einiges interessanter waren jedoch die Kopfhörer, die dabei waren. Es war ein In-Ear-Modell mit grossen Leichtmetallstöpseln und extrafeinen Plastikkappen überzogen. Das Kabel aber mündete in eine Art kleinen Hut, wo innen genaue Gegenstücke zu den Schockstabmetallspitzen waren. Cory erfasste ein gruseliges Prickeln. Das war ein Folterwerkzeug! Damit konnte man dem Opfer einen Stromschlag durch beide Ohrgänge geben! Er stellte sich vor, was die Wirkung sein könnte. Sehr wahrscheinlich grosse Schmerzen bis hin zu Bewusstlosigkeit. Oder vielleicht sogar Exitus? All dies mit keinen äusserlich sichtbaren Spuren! Hatte sie etwa damit Tom lahmgelegt und ihn dann ins Wasser geschmissen, wo er hilflos ertrank? Er schaute zu ihr hinüber, in diese faszinierenden und gefährlichen Augen, die ihn eiskalt beobachteten. Hatte sie auch geplant, Renée so umzubringen? Als er die Medikamentendosen weiter untersuchte, fand er eine Substanz, die K.-o.-Tropfen oder etwas Ähnliches sein musste, eine andere enthielt ein starkes Schlafmittel und die letzte einen Inhalt, den er nicht kannte. Eventuell wollte Maria mit den Tropfen Renée bewusstlos machen, sie dann mit Schlafpillen vollstopfen, um so einen Selbstmord vortäuschen. All das machte Cory noch viel wütender, und er begann sich riesige Vorwürfe zu machen, denn er hatte schlussendlich dies alles ganz alleine heraufbeschworen.

Clearwater, 17. April/09:00

Cory holte sich eine riesengrosse Pizza vom nahegelegenen Pizza Hut. Zurück im Apartment tischte er sie im Wohnzimmer mit einer Flasche Mineralwasser auf. Eigentlich hatte er Lust auf ein Glas Wein, aber er wollte seine Sinne geschärft behalten. Dann sagte er zu Maria:

- Ich habe den Schockstab an meiner Seite und werde ihn, wenn nötig sofort einsetzen. Genauso wie den Schläger, denn ich habe eine Riesenangst vor dir und meine Zündschnur ist dementsprechend kurz. Ich nehme jetzt deinen Knebel weg, dann werden wir etwas essen und dabei einen Schwatz halten. Keine Eskapaden, kapiert?

Sie nickte. Cory tat wie versprochen, blieb aber immer auf einer Distanz, die nur mit dem Schockstab überbrückt werden konnte. Er begann genüsslich die Pizza zu verzehren, zwischendurch gab er Maria auch ein Stück, das sie mit den gefesselten Händen essen konnte.

- Hast du Kontakt mit Gastner gehabt?
- Was ist Gastner?
- OK, so werden wir nicht weiterkommen und der Knebel geht sofort wieder auf deinen Mund. Du weisst haargenau, wovon ich spreche. Also, nochmals: Hast du seit gestern Kontakt mit Gastner gehabt?
- Nein.
- Wo sind dein Handy und dein Laptop?

Maria schwieg. Cory stand auf und lief gereizt im Zimmer auf und ab, ohne sie aus den Augen zu lassen und sagte:

– OK, vielleicht zur Klarstellung: Ich bin sowohl das Ziel wie auch der Auftraggeber selbst, also weiss ich ganz genau, was in dem Auftrag steht.

Das hatte Maria nun nicht erwartet, liess sich aber die Überraschung nicht anmerken. Sie hatte tatsächlich zu keiner Zeit einen Grund einer Vereitelung ihres Auftrages erwartet und sich deshalb ziemlich stümperhaft überwältigen lassen. Das begann sie gewaltig zu wurmen, doch Cory fuhr schon fort:

– Ich bin mir auch sicher, dass du der Auftragnehmer bist und fast genauso sicher, dass du Tom umgebracht hast.

Maria war erneut überrascht. Sie hatte keinesfalls damit gerechnet, dass Cory dies so schnell ausfindig machen würde und noch weniger, dass er darin einen Zusammenhang sah. Cory meinte weiter:

– Du hast wahrscheinlich vermutet, dass meine Begleiterin bei einem dubiosen Ableben meinerseits sich früher oder später eine Menge zusammenreimen könnte und wolltest sie deshalb ausschalten. Sonst hättest du meinen Köder nicht geschluckt. Danach hättest du den Auftrag, mich umzubringen, ausgeführt und das Geld kassiert. Dummerweise habe ich mir inzwischen auch so einiges zusammengereimt und bei Gastner sofort den Auftrag nach Punkt sieben annulliert. Logischerweise wollte ich Punkt fünf aufrufen, aber ich kann den Mord an Tom nicht beweisen. Ich bin aber ziemlich sicher, dass dem so ist und dass ein weiterer Mord an Renée geplant war. Wir wissen beide, dass bei Kollateralopfer der Auftrag hinfällig wird, also keinen Cent mehr abwirft.

Er hielt einen Moment inne, um dies alles wirken zu lassen. Sie verzog keine Miene, somit fuhr er fort:

– Ich habe Gastner inzwischen gebeten, den Punkt sieben mit der vorgesehenen Kompensation aufzurufen. Du siehst, es flösse also später noch etwas Geld. Wenn du jedoch meine Begleiterin oder mich dennoch liquideren würdest, so rollt kein Rubel mehr, das Risiko für dich aber steigt. Ich habe übrigens Renée weder von dem Auftrag noch von meinem Gespräch mit Tom irgendetwas erzählt. Sie stellt demnach keine Gefahr mehr dar, und ich habe sie zu ihrer Sicherheit für immer weggeschickt, ohne zu wissen, wohin sie geht. Auch Gastner habe ich nichts Genaues erzählt, nur den Auftrag annulliert.

Erneut hielt er einige Momente inne. Maria liess ihn nicht aus den Augen und zeigte weiterhin keine Regung.

- Nun verlange ich, dass du eine Bestätigung des Erhalts der Annullation an Gastner sendest. Dafür brauchst du deinen Computer oder dein Handy. Also müssen wir diese holen. Sobald dies geschehen ist, verschwinden wir beide in entgegengesetzte Richtungen auf Nimmerwiedersehen. Vorerst aber bleibst du hier gefesselt und falls nötig geknebelt.

Für einige Minuten war es gespenstisch still. Maria schaute Cory immer noch mit ihren grossen Raubkatzenaugen einfach an. Plötzlich fragte sie:

- Was hast du? Krebs?
- Das geht dich einen Scheiss an.
- Sorry, es nimmt mich einfach wunder. Warum nur will ein Mann wie du schon jetzt aus dem Leben scheiden?
- Auch das geht dich einen Scheiss an. Wo sind die Geräte?
- Du bist zwar alt und nur ein Mann, aber du lebst gut und hast genug Geld. Warum willst du dies alles wegwerfen?

Cory wurde langsam ungeduldig.

- Wenn du mir nicht antworten willst, so gibt es erst mal einen Schuss mit dem Schockstab, um dich gesprächig zu machen. Soll ich?

- Nein, nicht nötig. Kannst du Gastner anrufen?
- Ich könnte, ja.
- Dann ruf ihn an. Oder lass mich an deinen Computer, um meine E-Mails anzuschauen.
- Sicher nicht mit meinem Handy, sonst weiss Gastner, dass wir in Kontakt sind. Auch mein Computer ist tabu, ich will absolut keine Spuren darauf. Also nochmals: Wo sind deine Geräte?
- Sie sind in einem Lagerhaus etwa zwanzig Minuten von hier.

Das könnte stimmen, dachte Cory, war aber nicht sicher, wie er weiter vorgehen sollte. Er gönnte sich deshalb ein paar Minuten Zeit zum Überlegen, dabei beobachtete er Maria eine Weile. Dann fragte er sie:

- Du kommst also aus Moldawien und hast in der Schweiz geheiratet, richtig?

Sie nickte.

- Seit wann machst du diesen Job?
- Das geht dich einen Scheiss an.
- OK, diese Retourkutsche ist akzeptiert.

Sie hatten die ganze Pizza verdrückt. Cory entsorgte den Karton und machte sich einen Kaffee. Als er zurückkam, fragte er:

- Wo ist dein Mann?
- Er ist gestorben.
- So wie Tom?
- Nein, an einer Herzattacke. Wir waren geschieden und wahrscheinlich hat es ihn beim ewigen Bumsen mit seinen Tussis erwischt.
- Und du hast da kein bisschen nachgeholfen?

Sie schaute ihn mit ihren gefährlich stechenden Augen an.

- Er hinterliess mir nichts, dieses Schwein. Er hatte immer nur das eine im Kopf, und als es mich zu ekeln begann, hat er mich einfach fallengelassen. Er war ein grobes Schwein und hat es so verdient.
- Dann war es eine Zweckheirat, Sex gegen Pass, oder nicht?
- Liegt nicht immer ein Zweck hinter jeder Beziehung?
- Ja, vielleicht schon, aber meistens ist es Zuneigung, die als Basis für einen Zweck dient; und dieser ist meistens Gründung einer Familie und Fortpflanzung, nicht nur ein Papier.
- Aber auch nicht nur Sex unter Ausschluss von ehrlicher Zuneigung, wobei Fortpflanzung explizit ausgeschlossen ist.

Cory war immer mehr fasziniert von dieser Frau. Trotz ihres Alters fand er sie ungemein attraktiv. Die Gefahr, die von ihr ausging, mochte dies noch verstärken, sie schien aber gleichzeitig sanft und verletzlich. Er wusste, dass er eigentlich schweigen sollte, Abstand halten, Gastners Bescheid abwarten und dann verschwinden, aber Neugierde und Faszination waren stärker. Er wähnte sich in Kontrolle der Situation, dennoch mahnte er sich innerlich, die Wachsamkeit nicht nachzulassen. Sie blieb gefährlich und war wahrscheinlich auch auf psychologischer Ebene skrupellos und hellwach. Cory nahm an, dass sie dem Tod ihres Ex nachgeholfen hatte. Sie schien aus dem Weg zu räumen, was ihr nicht passte. Er war immer mehr überzeugt, für Renée richtig gehandelt zu haben. Der Kontrast zwischen diesen beiden Frauen konnte nicht grösser sein. Die eine jung, ehrlich, sportlich, hübsch und voller Leben, die andere schon etwas älter, äusserst gefährlich, aber auf ihre bedrohliche Art auch sehr attraktiv. Wieso vergleichst du die beiden überhaupt, du alter Esel, fragte sich Cory. Pass auf! Nur kein Nachlassen, du weisst, wie schnell dir ein Fehler passieren kann. Vielleicht entsprang seine Faszination für Maria dem Umstand, dass sie mit ähnlichen Problemen des Alterns zu kämpfen schien, wie er selbst. Ihr Umgang damit war jedoch diametral verschieden. Er wollte alleine und in Würde von der Bühne treten, ohne jemandem zu schaden.

Maria schien dagegen ohne Rücksicht auf Verluste andere von derselben stossen zu wollen. Cory machte ihr ebenfalls einen Kaffee, worauf sie leise und monoton zu erzählen begann.

- Ich wurde als junges Mädchen im Kunstturnen entdeckt und gefördert. Man nahm uns damals von den Familien weg und drillte uns gnadenlos, mein Rückenleiden zeugt heute noch davon. Ich kam nicht ganz so weit wie etwa eine Nadia Comaneci, fiel jedoch durch meine Sprachbegabung auf. Deshalb wurde ich vom KGB angeheuert. Wir bekamen eine Ausbildung als Krankenschwestern, waren aber grösstenteils in Spionage Trainingscamps. Als der Eiserne Vorhang fiel, liess man uns einfach hängen. Die meisten gingen nach Deutschland an Spitäler. Meine Kollegin und ich gingen ins Traumland USA, da wir Englisch sprachen. Zoya fand eine Stelle als Nurse in einer Schönheitsklinik in San Diego, und ich bewarb mich als Vertreterin bei den Vereinten Nationen in New York, da ich neben Rumänisch und Russisch auch gut Englisch, Französisch und Italienisch sprach. Die Konkurrenz war zwar riesig, aber ich bekam einen kleinen Posten.
- Musstest du dich hinaufschlafen?
- Wie die meisten attraktiven Frauen aus Schwellenländern wurden wir eigentlich mehr beschlafen. Wir hatten praktisch keine Wahl, sonst gab es keinen Job. Das war erniedrigend, und als ich bei einem der internationalen Meetings den Schweizer Brigadier Spengler kennenlernte, ging es schnell. Ich nahm diesen vermeintlichen Ausweg sofort an. Dass er dies ausnutzte, wollte ich nicht sehen, zu verheissungsvoll schien die Schweiz, und er schien zu Beginn richtig nett. Aber es ging nicht lange, bis ich merkte, dass ich als Sexspielzeug und nicht als Partnerin angesehen wurde. Zoya hatte da mehr Glück mit ihrem Schönheitschirurgen.

Cory dachte sich aha, Krankenschwestern, daher die guten Kenntnisse über Anatomie und Medikamente, vom KGB wahrscheinlich auch auf Folter und spurlosen Totschlag trainiert. Er verspürte trotz allem aber auch eine aufkeimende Empathie für sie:

- Du hast ihn eigentlich ebenfalls ausgenutzt wegen seines Passes. Viel Liebe war da wahrscheinlich auch nicht im Spiel. Ihr hattet eine Zweckgemeinschaft, und wenn dann eine Seite einen solchen Zweck kündet, wie du den Sex, so ist dies auch nicht unbedingt fair.
- Typisch männliche Sichtweise. Wieso glaubt ihr, der Sex sei einfach so gegeben, wie als Pflicht?
- So meine ich es nicht, aber wenn du in dieser Zweckehe nicht mehr alles erfüllst, so kannst du ihn nicht als Schwein betiteln, wenn er dir nichts vermachte. Zumindest die erstrebte Nationalität konntest du ja behalten. Gerade einen Exitus hat er dabei nicht verdient.
- Du weisst nicht, was Erniedrigung heisst. Immer unterdrückt zu werden, sei es wirtschaftlich von einer Grossmacht oder eben gesellschaftlich in einer Ehe.
- So bist du mehrheitlich aus Rache an allem und an allen geworden, was du heute bist?
- Von irgendetwas musste ich leben. Als Krankenschwester aus der Dritten Welt verdient man fast nichts, speziell in meinem Alter. Ich begann das zu machen, wofür ich früher ausgebildet wurde. Das reichte wenigstens, um anständig zu leben in diesem elenden Sumpf auf Erden.

Dazu ausgebildet! Cory lief es kalt den Rücken runter. Sie wollte seine Logik offensichtlich nicht sehen, so wie er die ihre nicht verstand. Ihr Verhalten schien ihr legitim, dasjenige des Mannes verwerflich. Brachte sie vielleicht nur Männer um? Sie schien diesbezüglich jedenfalls völlig verbittert.

Cory fragte weiter:

- Hättest du nicht nach Hause gehen können, Leute mit Talenten werden gebraucht, um Schwellenländer aufzubauen. Das gäbe auch einen befriedigenden Lebenssinn.

– Wie wenn gerade du über Lebenssinn urteilen könntest...
schnaubte sie ihn an. Es war einige Minuten still, dann fuhr sie etwas ruhiger fort:

– Zurückgehen geht schlecht. Alles ist völlig korrupt und mafiös. Frauen werden nur zum Sex und Gebären gebraucht, als Alte bist du sowieso völlig wertlos. Jede, die nur etwas draufhat, will nach Europa.

– Das ist es ja gerade. Die gut Ausgebildeten und die vielversprechenden Jungen verduften, um mehr Geld im Westen zu machen, zurück bleiben nur weniger Talentierte und Alte. Gleichzeitig schreien diese Länder aber nach Entwicklungshilfe und Investitionen. Solche Gelder fliessen dann aber nur in die Taschen der Oligarchen und der Mafia. Eine Gettoisierung und Radikalisierung ist unvermeidlich und das Ungleichgewicht wird immer grösser. Eine gewisse Mitschuld haben Emigranten wie du durchaus auch.

– Nein, der Westen ist schuld. Zuerst kolonialisierte und versklavte er alle möglichen Regionen dieser Welt, dann saugte er deren Bodenschätze aus, sandte im Gegenzug seinen Abfall hinunter und als er in seinem Überfluss nicht einmal mehr eigene Kinder produzieren und ausbilden wollte, da begann er unsere Talente abzuwerben und zu adoptieren. Schau mal die Migration an, da wollt ihr nur selektiv gut ausgebildete und junge Leute, damit sie euren überalterten und perversen Wohlstand in Zukunft finanzieren helfen.

– Was sollen wir denn deiner Ansicht nach tun? Nur eure Last der Alten und Kranken aufnehmen? Ich war schon immer für eine viel kleinere Migration, dafür eine massive Reduktion der Bevölkerungsexplosion. In den letzten 25 Jahren hat sich die Bevölkerung im Mittleren Osten und der Sahelzone vervierfacht, mehr als in den letzten 1 000 Jahren. Das geht doch nicht. Wenn die Errungenschaften der modernen Medizin mit Handkuss angenommen werden oder massiv angeprangert werden, wenn sie nicht sofort und umsonst hinunter gesandt werden, wenn verbesserte Ernährung und massiver Transport von Nahrungsmitteln und Trinkwasser als absolutes Grundrecht für jeden auf der Welt postuliert wird, sei es in ein noch so ödes Loch, das nichts hergibt, so muss dies zwingend mit einer Reduktion der Geburtenrate einhergehen. Sonst passieren solche Bevölkerungsexplosionen, und es entsteht zwangsläufig ein Verteilkampf gepaart mit riesiger Migration und all ihren hässlichen Nebenerscheinungen. Aber eben, Religion und lokale Kultur werden vorgeschoben, um nichts tun zu müssen. Der wahre Grund aber ist die Wahnvorstellung lokaler Demagogen, dass mit mehr Menschen auch ihre Macht und ihr Reichtum steigen.

- Aber ihr Westeuropäer seid damals auch in Massen emigriert, beispielsweise nach Amerika und Australien. Warum durftet ihr das, als bei euch der Wirtschaftsbaum brannte und heute sollen dies die anderen nicht dürfen?
- Na ja, die damaligen Migrationsziele waren ziemlich unberührt, klammern wir mal die arme Urbevölkerung aus, die zugegebenermassen völlig vergewaltigt wurde. Auch bekamen die damaligen Immigranten bei ihrer Ankunft weder Handgeld, Wohnungen, Ausbildung noch gratis medizinische Betreuung. Das wurde alles aus eigener Kraft aufgebaut. Schauen wir auf die Landkarte, so hätte es noch heute viel braches Land in Afrika und Zentralasien, das neu bewirtschaftet und aufgebaut werden könnte. Dahin aber emigriert niemand. Sie wollen alle ins reiche Europa, Australien und Amerika, um von den dort hart erarbeiteten Errungenschaften zu profitieren. So wie du.
- Das sind hohle Worte eines Mannes mit der Gnade der privilegierten Geburt. Was hast du dazu beigetragen? Hast du schon einmal Hunger gehabt, bist du jemals ausgenutzt, vergewaltigt oder gefoltert worden?

Plötzlich waren sie in einem fundamentalistischen Streit gefangen und keiner hatte ihn provoziert. Er war in dem Moment auch absolut unnötig, weil wichtigeres anstand. Cory hatte ein ungutes Gefühl. Er fühlte sich angeprangert als verwöhntes West-Weichei, das sein schönes Leben wegwerfen wollte, nur weil er Angst vor einem unschönen Abgang hatte. Die Ironie war, dass die Anklage von jemandem kam, der den eigenen Problemen mit Flucht in bequemere Gefilde entronnen war und deshalb auch nicht unbedingt zu solchen Vorwürfen legitimiert war. Maria wusste dies sehr genau, überdeckte es aber mit aufgesetzter Wut und Entrüstung. Beide hatten sich in diese müssige Diskussion eingelassen, wahrscheinlich um von der Beklommenheit der aktuellen Situation abzulenken.

Maria wurde langsam müde und die Schmerzen der Schläge sowie der unbequemen Fesseln begannen zu wirken. Sie sehnte sich nach einer Dusche und einem Bett, sie wollte abschalten können und für einen Moment die Schmach und die Katastrophe der Situation vergessen, in die sie so amateurhaft geschlittert war.

Clearwater, 17. April/12:00

Cory hatte Maria erneut geknebelt und festgebunden, danach erlaubte er sich ein kleines Nickerchen. Maria schaute ihn lange an, fand ihn ganz attraktiv und erstaunlich aufgeweckt für sein Alter. Was hatte er, dass er abtreten wollte? Das beschäftigte sie. Trotz fester Meinung schien er kein Macho zu sein und seine Argumente waren nicht einfach kalt, konservativ oder reaktionär, zudem zeugten sie von Überlegung. Es schien ihm auch keinen Spass zu machen, sie so zu behandeln, seine Angst war sicher nicht aufgesetzt. Sie hatte ihn in Italien lange beobachtet, als sie den Auftrag annahm. Es waren die üblichen Abklärungen, um alles reibungslos ausführen zu können. Dabei begann sie Interesse an diesem Mann zu entwickeln, speziell für die Art, wie er mit dem Altern umging. Insbesondere als er die junge Frau kennenlernte. Maria sah Parallelen zu ihren eigenen Problemen und sie empfand sowohl etwas Mitleid, wie auch Eifersucht, denn er lebte mit einer Partnerin scheinbar aus, was sie schon lange suchte und dabei immer enttäuscht wurde. Deshalb verzögerte sie wahrscheinlich unbewusst die Ausführung des Auftrages. Da tauchte auf einmal Tom auf und begann ihr den Hof zu machen. Maria wusste, dass sie dies sofort unterbinden sollte, denn der Auftrag verlangte absolute Unauffälligkeit. Doch etwas in ihr schrie nach „Ich habe doch auch Rechte"! Obschon Tom nicht ihr Typ war und sie sich ein Leben mit ihm nicht vorstellen konnte, mochte sie sein italienisches Flair und seine Aufmerksamkeiten. Sie beschloss aber nach kurzer Zeit den Ort zu verlassen, weil die Geschichte allzu auffällig zu werden drohte. Zeitdruck, den Auftrag auszuführen, hatte sie nicht, ihre Spesen waren gedeckt und durch ihre Recherchen wusste sie, wo Cory hinwollte. Sie wusste nur nicht, dass auch er am Fliehen war. Als Renée in Florida auftauchte, war sie nicht eigentlich erstaunt, als jedoch Tom ihr selbst dorthin nachreiste, war sie äusserst unangenehm überrascht. Wie zum

Teufel hatte er herausgefunden, dass sie dort war? Sie musste sich sehr unprofessionell verhalten haben oder ein riesiger Zufall musste ihm geholfen haben. Aber auf jeden Fall musste sie reagieren. Als dann noch die Panne auf der Party passierte, als Cory überraschenderweise auch am Hyatt Fest auftauchte und Tom ihn erkannte und ansprach, da hätte sie die ganze Aktion sofort abblasen müssen. Sie hatte sich im 500 Meter entfernten Hyatt für unsichtbar genug gehalten. Diese Unvorsichtigkeit machte ihr zu schaffen und sie machte sich massive Vorwürfe. Tom verhielt sich zudem sehr neugierig und stolperte dabei über Teile ihres Planes, die er niemals hätte erfahren dürfen. Das konnte Maria nicht akzeptieren, noch nie in ihrem Leben war sie so unachtsam gewesen. Woher kam dies? Wurde sie alt? Zu alt für solche Unterfangen? Nein, es musste wirklich ein unwahrscheinlicher Zufall mitgewirkt haben, redete sie sich ein, und der Auftrag war zu wichtig für ihre Zukunft, um ihn jetzt abzubrechen. Tom musste über die Klinge springen, und es tat ihr nicht einmal leid.

Cory war gerade aus seinem Nickerchen aufgeschreckt und wirkte verwirrt. Maria beobachtete erstaunt, wie er einige Minuten brauchte, um sich zu sammeln. War das der Grund seines Auftrages? Zeigte er Anzeichen irgendeiner geistigen Schwäche? Sie merkte sich dies für das nächste Mal, denn irgendwann musste sie beginnen, einen Fluchtplan zu entwickeln. Cory versuchte sich zu konzentrieren, er hatte das beklemmende Gefühl, etwas vergessen zu haben. Er liess die letzten Stunden nochmals innerlich ablaufen, konnte aber einiges nicht auf die Reihe bringen. Es erfasste ihn eine leise Panik, denn die Gefahr lag auf dem Sofa und schaute ihn gespannt an. Er wollte sich nichts anmerken lassen und ging daher auf die Toilette, um einen Moment unbeobachtet sein zu können. Scheissgehirn, Scheisssituation, Scheissleben, dachte er. Langsam jedoch sprangen seine kleinen grauen Zellen wieder an, und er konnte sich fassen. Ja, richtig, die Geräte mussten her. Er checkte sein Handy, fand aber immer noch keine SMS, deshalb rief er Gastner erneut an. Es antwortete immer noch niemand, und das begann ihn zu beunruhigen. Er holte seinen Laptop und surfte eine Weile im Netz. Danach schaltete er den Fernseher auf den lokalen Sender ein. Er wollte sehen, ob irgendetwas über Toms Unfall in den Nachrichten war. Dieser wurde nur flüchtig erwähnt. Da begann Maria mit ihren Fesseln zu fuchteln, also nahm er ihr den Knebel weg. Sie schluckte kurz und sagte dann:

- Danke, aber während wir hier warten, könnte ich aufs Klo? Oder könnte ich eine Dusche nehmen und dann ans Bett gekettet werden, um auch ein wenig zu schlafen? Ich verspreche, ruhig zu bleiben.

Cory überlegte es sich. Wie gefährlich könnte eine solche Aktion sein? Ein Gang aufs Klo ging durchaus, aber duschen?

- Zuerst will ich wissen, wo genau dein Handy und dein Laptop sind.
- Dieses Wissen bringt dir nichts. Du willst mich loswerden und sicher sein, dass ich den Auftrag nicht mehr ausführen werde ...
- ... und genau deshalb will ich die Annullation auf einem deiner Geräte sehen.
- Je weniger du von mir weisst, desto sicherer ist es für mich und dann bin ich für euch keine Gefahr mehr. Wir können nachher gemeinsam die Geräte holen. Wenn ich dir jetzt sage, wo sie sind, so gehst du sie eventuell selber holen und vermasselst alles.

Das erschien ihm logisch, aber er war dennoch unsicher.
Cory überlegte einige Momente und meinte dann:

- Vielen Dank für das Vertrauen in meine Fähigkeiten, aber vielleicht hast du recht. Wir werden also später gemeinsam dort hingehen. Inzwischen kannst du aufs Klo und auch duschen. Ich werde dich jedoch angebunden lassen müssen, denn ich traue dir nicht über den Weg. Das wird ein wenig peinlich, geht aber leider nicht anders.

Er holte ein T-Shirt, BH und Slip aus Marias Tasche. Dann schleppte er sie ins Badezimmer. Er nahm ihr die Fussfessel ab und zog ihr die Jeans und den Slip aus. Dann band er erneut ein Spannset um ihre Fussgelenke, damit sie nur kleine Schritte machen konnte. Den losen Teil des Spannsets hielt er in seiner Hand, somit konnte er sie, wenn nötig, jederzeit von den Füssen ziehen. Dann kappte er die Fessel ihrer Hände und sie konnte sich auch oben freimachen. Die ganze Zeit schaute sie ihm direkt in die Augen. Cory versuchte etwas peinlich berührt wegzuschauen, konnte jedoch nicht abstreiten, dass die ganze Situation eine seltsam prickelnde Erotik versprühte. Er ermahnte sich, höllisch aufzupassen, denn er wusste genau, dass sie brandgefährlich blieb, auch nackt und gefesselt. Er bedeutete Maria, sich zu erheben und zur Dusche zu humpeln, während er die ganze Zeit das Ende des Spannsets in der einen Hand hielt, die andere frei, um den Schockstab zu ergreifen. Sie hatte mit ihren 50 Jahren eine äusserst attraktive Figur, stellte er fest, trotzdem war er bemüht, nicht hinzuschauen. Deutlich sah man jedoch an Marias Schulter und Oberschenkel die blauen Flecken, die die Schläge hinterlassen hatten. Sie mussten immer noch Schmerzen bereiten, Marias angestrengte Bewegungen zeugten davon. Sie liess das Wasser an, nahm etwas Duschgel und begann sich zu waschen. Cory schaute halb weg, ohne jedoch seine Aufmerksamkeit zu vermindern. Plötzlich rutschte Maria aus, da sie an den Füssen gebunden in der rutschigen Wanne nur schlecht die Balance halten konnte. Sie fiel hart auf den Boden und stöhnte vor Schmerz. Es gelang ihr auch nicht, wieder aufzustehen. Cory war zuerst wie blockiert, es konnte durchaus eine inszenierte Finte sein, um ihn anzulocken und auszuschalten. Sie tat ihm jedoch leid, denn es schien wirklich ein ungewollter und schmerzvoller Ausrutscher wegen ihrer Fesseln zu sein. Er entschloss sich zu helfen, aber warnte sie vor irgendwelchen Eskapaden, denn er hielt immer noch das Spannset in seiner Hand. Er schätzte, dass sie keine echte Möglichkeit hatte, ihn zu überwältigen, wenn er nur gut aufpasste. Also ging er in die Dusche, stellte das Wasser ab und legte einen Arm um ihre Schulter, um ihr aufzuhelfen. Dabei griff er ungewollt an ihren Busen. Sofort wollte er seine Hand wegziehen und um ihren Torso legen, aber sie blockierte mit ihrem angespannten Arm seine Hand auf ihrer Brust. So konnte sie aufstehen und lehnte sich dann wie um Halt suchend gegen ihn. Er spürte ihre sanfte, nasse Haut sowie ihren ruhigen Atem und empfand dies alles andere als unangenehm. Dabei schlug aber sein Gehirn Alarm, denn er vermutete, dass sie nicht aus erotischen Gründen so handelte, sondern dass sie sich befreien wollte. Cory schnellte ruckartig zurück und verliess die Duschwanne, das Ende des Spannsets noch immer in der einen Hand. Maria stellte ganz ruhig das Wasser wieder an und duschte sich weiter. Cory reichte ihr dann ein Tuch und die frischen Kleider, sie trocknete sich ab und zog sich oben an. Als wäre es das Normalste der Welt, reichte sie ihm ihre Hände erneut zum Fesseln, darauf löste er das Spannset um ihre Füsse, damit sie sich ganz anziehen konnte. Die Situation erschien völlig surreal, und er traute ihr nach wie vor nicht über den Weg. Seine Furcht und Respekt beliessen ihn immer noch auf Alarmstufe Rot, deshalb setzte er ihr die Fussfesseln erneut an. Sie hatte ihm vorhin den bleibenden Eindruck einer Schwarzen Witwe gegeben, einer Spinne, die ihre Sexualpartner nach dem Akt auffrass, auf jeden Fall einer Frau, die Männer grundsätzlich verachtete. Ihr Ehemann war tot, ihr Verehrer auch, nun dieses kuriose Intermezzo unter der Dusche. Cory hatte nicht das geringste Vertrauen in Maria, dennoch verblieben in ihm diese seltsame Faszination und auch ein Hauch Empathie.

Sympathy for the devil
by The Rolling Stones

Please allow me to introduce myself
I'm someone of wealth and taste
I've been around for a long, long time
Stole many a man's soul and faith
And I was 'round when Jesus Christ
Had his moment of doubt and pain
Made damn sure that Pilate
Washed his hands and sealed his fate
Pleased to meet you
Hope you guessed my name
But what's puzzling you
Is the nature of my game

Clearwater 17. April/13:00

Cory hatte noch immer keinen Bescheid von Gastner und Maria sicherlich nach wie vor noch guten Grund, ihn zu liquidieren. Er half ihr aufs Bett und setzte dort erneut Fesseln an. Cory legte sich ebenfalls nieder und beide konnten sich für einige Minuten schweigend erholen. Auf dem Bett liegend starrte er die Decke an, dabei liefen in seiner Vorstellung die Ereignisse der letzten zwei Tage ab wie ein unrealistischer Hollywood-Film. Er suchte nach Fehlern und Lösungen für die vertrackte Situation, denn abschalten konnte er nicht. Die Angst eines Versagens seiner Denkleistung oder auch nur einer Minderung war dabei ein steter Begleiter, als bedeutete Maria nicht schon Gefahr genug. Er wollte Ruhe und Erholung, hatte aber Angst, dass er den Faden verlieren würde und der Situation nicht mehr gewachsen wäre. Die Faszination, die er für diese Frau empfand, half da überhaupt nicht. Nutzte sie dies schon aus? Hatte sie eine Schwäche geortet und damit einen Fluchtplan? Hatte sie sich schon überlegt, was sie machen würde, wenn sie die Bestätigung der Annullation erhielt? Wäre Renée dann wirklich sicher? Fragen über Fragen.

Renée! Was für eine wunderbare Frau, dachte er, um gleich darauf wieder an Maria denken zu müssen. Renée bedeutete Leben, Maria den Tod, wie ein unheimlich faszinierender Todesengel oder eben der Leibhaftige selbst. Für dich sollte es weder die eine noch die andere geben, ermahnte sich Cory, du kannst damit nicht mehr umgehen, du alter Sack! Dabei verhältst du dich wie eine alte, sich noch peinlich jung einschätzende Lachnummer. Na ja, er wollte doch nur noch für Renées Sicherheit einstehen und dann gehen, denn im Augenblick kümmerte ihn sein weiteres Dasein auf Erden nicht mehr gross, und er sehnte sich nach Ruhe, nach Einsamkeit und nach einer Lösung, die niemanden mehr gefährden sollte. In seinen Gedankenspielen tauchte auch einer seine alten Träume auf, der von einer Harley mit grossen, schlappen Satteltaschen unterwegs in Richtung nirgendwo. Ja, du wirst sicher mal eine Harley kaufen gehen, doch jetzt konzentriere dich auf diesen Moment du Trottel, nicht träumen.

Cory stand abrupt auf und wählte Gastners Nummer, doch dieser antwortete noch immer nicht. Bei einem zweiten Versuch etwas später war er besetzt und beim dritten nahm er erneut nicht ab. Das machte Cory definitiv stutzig, es passte nicht zu Gastner. Er wählte die Nummer der Kanzlei und da nahm seine Sekretärin ab:

- Derrungs hier, guten Tag Frau Nyffenegger, ist Herr Gastner noch im Büro?
- Guten Tag, Herr Derrungs. Nein, Herr Gastner ist schon weg.
- Ich kann ihn nicht erreichen, er nimmt nicht ab.
- Seltsam, ich habe gerade vorhin mit ihm gesprochen. Ich versuche es noch einmal und sage ihm, er soll sie zurückrufen.
- Ja, bitte. Es ist äusserst dringend. Wenn sie ihn erreichen, könnten sie ihm etwas mitteilen?
- Ja sicher. Schiessen Sie los.

Cory wusste, dass Maria mit gespitzten Ohren mithörte, also fuhr er fort:

- Hören sie gut zu und notieren Sie. Betreffend den Auftrag und dessen Annullation weiss er, dass bei Unregelmässigkeiten ein Ausweichplan aufgesetzt ist. Es ist inzwischen etwas Ernstes passiert, und ich muss diesen Ausweichplan aufrufen. Er weiss, was das bedeutet, nämlich dass die vorgesehenen Gelder bis auf meinen Gegenruf blockiert sind. Das sollte reichen, er wird sich dann sicherlich sehr schnell melden. Weitere Anweisungen werde ich nur direkt mit Herrn Gastner besprechen.
- Das habe ich so notiert und wie gesagt, ich werde Herrn Gastner so schnell wie möglich informieren.

Aus den Augenwinkeln beobachtete Cory genau, wie Maria all dies regungslos aufnahm. Cory schrieb danach ein dringliches

E-Mail an seine Bankverbindung, dabei las er es für Maria knapp hörbar mit. Er verwendete ein nur ihm bekanntes Codewort, das mit seinem persönlichen Betreuer ausgemacht war. Es bedeutete, dass die 250 000 Franken, die für das Büro Gastner verfügbar waren, per sofort und bis auf seinen persönlichen Gegenbericht blockiert waren. Von diesem Moment an floss also kein Geld mehr, was auch immer geschah. Es galt nur noch sein ..., wie hiess diese Scheisse nun schon wieder, dachte Cory, sein ...

Das Wort Testament fiel ihm dann einige Zeit später wieder ein, und darüber regte er sich fürchterlich auf. Klar, viele jüngere Leute hatten ähnliche kleinen Gehirnblockaden, jedoch nicht so oft und mit so offensichtlich einfachen Gegebenheiten, dachte er. Bei Namen verhielt es sich besonders schlimm. Schon als junger Mann musste er sich oft zusammenreissen und sich wichtige Namen ganz eindringlich merken. Viele Meetings und Anlässe setzten gute Namenskenntnisse voraus. Vor allem als er in Asien lebte, schien dies ein wichtiger Schlüssel zu gesellschaftlichem Erfolg zu sein. Die dortige Bevölkerung zeigte eine spezielle Begabung, sich an Namen und Gesichter erinnern zu können, was auf ihre finanziellen Verpflichtungen leider weniger zutraf. Frauen schnitten in Namensangelegenheiten auch deutlich besser ab. Jegliche Namen und Geburtsdaten aller Verwandten, Bekannten, Geschäftsbeziehungen und so weiter schienen sich ohne Anstrengung in ihre Erinnerung zu brennen. Cory empfand es hingegen wie lästiges Nachsitzen, wenn er vor Begegnungen oft ein Aufdatieren durch seine Partner brauchte. Jetzt, wo er mehrheitlich alleine lebte, war ihm dies eigentlich egal, aber mit Renée musste er sich wieder einen Ruck geben und dabei offenbarte sich das Nachlassen seiner grauen Zellen umso deutlicher. Jetzt bist du aber hier, in der Gegenwart, also konzentriere dich, sagte er halblaut zu sich und entriss Maria dabei ein Lächeln. Sie hatte bereits ein recht präzises Bild von Cory und musste insgeheim zugeben, dass er ihr immer sympathischer wurde. Sein Kampf gegen den Abstieg, sein ehrliches Bestreben, eine Frau zu schützen, die er weggeschickt hatte und nie mehr sehen würde sowie sein vorsichtiges, aber nicht brutales Verhalten ihr gegenüber zeichnete einen Mann, den sie für einmal nicht verachtete. Aber auch sie wollte nicht die kleinsten Gefühle in ihren Weg kommen lassen, denn sie verfolgte andere Pläne. Cory hatte sich inzwischen die Situation eingehend durch den Kopf gehen lassen und kam zum Schluss, dass er sich nicht mehr hinhalten lassen wollte. Weder von Gastner noch von Maria.

- So. Du hast mitgehört und weisst, es fliesst kein Cent mehr. Auf der Seite des Koordinators läuft es nicht rund und ich beginne ihm ebenso wenig zu trauen wie dir. Normalerweise nimmt er meine Anrufe nämlich sofort entgegen, deshalb bin ich irritiert. Es geht nun folgendermassen weiter: Ich muss und will wissen, ob du Bescheid bekommen hast und zwar schnell, daran geht kein Weg mehr vorbei. Du wirst mich also jetzt zu deinen Geräten führen. Keine Tricks, sonst werde ich dich irgendwo anketten und der Polizei einen heissen Tipp bezüglich Tom geben, der würde dich lange genug aus dem Verkehr ziehen. Gastner kann mich dann kreuzweise, und ich werde mich schlichtweg verdünnen. Weit weg!

Maria schaute ihn an und schwieg.

Clearwater 17. April/15:00

Cory ging ins Nebenzimmer und begann seine Tasche zu packen. Im Zimmer zurück packte er das wenige von Maria, dann machte er sie vom Bett los. Er schleppte sie unbeobachtet ins Auto, setzte sie auf den Nebensitz und nahm den Knebel ab. Darauf fuhr er los und fragte:

– In welche Richtung?
– Gegen Osten, ich zeige dir den Weg.

Die Fahrt war öde. Das Wetter hatte sich langsam gebessert, der Himmel liess sich wieder in Blau blicken und eine scheue Sonne leuchtete den Weg. Cory schaltete das Radio an, er liebte die amerikanischen Sender. Sie waren meistens auf ein bestimmtes Genre ausgerichtet und er liebte die Classic-Rock-Sender, es war die Musik seiner Jugend.

Nach einiger Zeit begann Maria leise zu sprechen.

– Cory, ich kann deine Beweggründe verstehen. Bitte hör mir jetzt für eine Weile zu, ich möchte einiges klarstellen. Meinen Job muss ich nicht weiter beschreiben, auch nicht meine Motivation. Ich bin lose in eine Organisation eingebettet, jedoch ziemlich alt für deren Begriffe und auf dem Abstieg. Ich kriege nur noch kleine Aufträge, wahrscheinlich bald gar keine mehr, aber ausgesorgt habe ich leider noch lange nicht. Meine Spezialität waren Aufträge, die als Unfall oder Selbstmord unaufgeklärt bleiben sollten, deshalb auch dieser Auftrag. Als der Kontakt mit dem Koordinator zustande kam, haben wir den doch etwas speziellen Auftrag zuerst lose per Skype besprochen. Während den Ausführungen liess ich fallen, dass ich einen solchen Auftrag eigentlich schätze, da es mit dem Willen des Opfers geschieht und sonst niemand zu Schaden kommen sollte. Gastner nahm diesen Gedanken schnell auf und fragte, ob ich mir vielleicht weitere solche Aufträge vorstellen könnte, eventuell ohne über die Organisation zu gehen. Das erschien mir attraktiv und wir arrangierten ein Treffen. Dabei erwähnte er, Kontakt mit Stellen zu haben, die Sterbehilfe anböten an Orten, wo dies noch nicht legal ist. Solche Organisationen könnten möglicherweise derartige Dienstleistungen schätzen, und das könnte sehr lukrativ werden.

Typisch Gastner, dachte sich Cory, er witterte sofort die Marktlücke für solche Geschäfte, auch wenn es am Rande der Legalität oder Moral war. Es erschien Cory zudem ziemlich unangenehm, dass er ihnen scheinbar eine solche Marktlücke aufgezeigt hatte. War dies eine gute Entwicklung oder nicht? Der Gedanke, das Leute wie Gastner davon profitieren könnten, stiess ihm sauer auf, und die Vorstellung von Maria als guter Todesengel schien ihm pervers.

Maria fuhr derweil fort:

– Wir planten eine Zusammenarbeit, aber zuerst wollten wir die Erledigung dieses Auftrages abwarten. Was inzwischen geschah, ist natürlich nicht angetan, ihn zu beeindrucken. Die ganze Sache mit Tom ist ein höchst dilettantischer Fehler von mir, im dümmsten Moment, wenn ich an meine Zukunft denke. Tom war mir nämlich hier an einem Abend unerwarteterweise gefolgt und hat dabei den Lagerraum gesehen. Ich Volltrottel habe nichts bemerkt, weil ich mir zu sicher war. Auf seine Fragen erklärte ich ihm später, es wären Möbel drin, die ich für ein zukünftiges Haus in Florida lagerte. Das gefiel ihm, er war mit seinem Nachspionieren für meine Sicherheit jedoch definitiv zu weit gegangen. Nicht nur wegen meines Unterfangens, sondern auch als eventueller Lebenspartner erschien mir dies viel zu impertinent und aufsässig. Nun, Schwamm drüber. Da du diesen Unfall jetzt einordnen kannst, hast du mich in der Hand. Das wiederum ist ziemlich gefährlich für dich.

Cory stellten sich die Nackenhaare auf, denn er verstand diese direkte Warnung durchaus. Er wusste, er würde nie mehr sicher sein in Gegenwart dieser gefährlichen, aber faszinierenden Frau.

Maria fuhr mit ihrer Erklärung fort:

– Übrigens war die Annahme des Auftrages nie gegen dich persönlich gerichtet, auch nicht mein späterer Plan mit Gastner, das musst du berücksichtigen. Es entsprach immer deinem eigenen Willen, wie auch dem Willen eventueller späterer Kunden.
– Aber das mit Renée nicht!

Sie hielt einige Momente inne und sprach dann weiter, ohne auf Corys letzte Bemerkung einzugehen:

– Im Augenblick kann ich mir etwa ausmalen, wie sich die Situation entwickelt. Gastner versucht garantiert, mich zu informieren. Da keine Antwort kommt, ist er nervös, denn wenn ich den Auftrag in der Zwischenzeit doch noch ausführe, so fliesst kein Geld mehr, auch nicht an ihn. Zudem verliert er das Vertrauen in mich und das gemeinsam geplante Geschäft wird platzen, mit mir jedenfalls. Das mag der Grund sein, warum er dir nicht antwortet. Weil er nämlich Abklärungen bei meiner Organisation macht. Das hingegen ist fatal für mich, denn diese duldet nicht das geringste Versagen. Wenn Gastner bei ihnen anklopft, weil ich nicht antworte, werden sie den Auftrag weitergeben und mich gleich auch noch zur Liquidierung ausschreiben. Gastner kann dann einen neuen Partner für seine Idee suchen. Die O. duldet keine Probleme, und wenn sie beschliesst aufzuräumen, dann wird ein gröberes Kaliber aktiviert, glaube mir. Die O. ist überall und äusserst effizient. Wir sind beide in höchster Gefahr. Bis jetzt war ich bestens abgeschirmt, denn niemand würde vermuten, dass ausgerechnet du als Opfer mich gekidnappt hast. Mit jeder Stunde aber wird ein Eliminationsteam sich uns weiter nähern.

Es wurde still im Auto. Cory musste diese Informationen zuerst einmal verdauen und überlegen, was er jetzt tun sollte. Diese neue Bedrohung könnte ihm eigentlich ganz gut passen, denn es entspräche in etwa seinem Auftrag, diesmal sogar ohne Honorar. Doch Maria war inzwischen auch eine Zielscheibe geworden und das begann ihn ironischerweise zu stören. Wenn er sie aber jetzt freiliesse, müssten sie sofort auseinandergehen, sonst wäre er eine Belastung für ihr Abtauchen vor der O. Vielleicht würde sie ihn sogar auf der Stelle liquidierten, um keinen Klotz am Bein zu haben und damit noch eine klitzekleine Chance zu erhalten, die Situation mit der O. auszubügeln. Das war ihm alles ziemlich zuwider, Wille hin, Auftrag her. Er realisierte, dass er in einer saublöden Situation steckte. Er vermutete jedoch, dass ein Bescheid Gastners auf Marias Handy oder Laptop die ganze Sache immer noch entschärfen konnte. Also ging eben kein Weg am sofortigen Aufsuchen des Lagers vorbei. Cory überlegte lange und kam letztlich zum Schluss, dass ein kooperativer Weg wahrscheinlich erfolgversprechender war. Er hielt deshalb an einer Raststätte an und manövrierte zu einem abgelegenen Parkplatze. Dort band er Maria los. Sie schaute ihn mit ihren grossen, braunen Augen an, und zum ersten Mal waren sie nicht teilnahmslos, sie strahlten fast etwas Wärme aus. Cory hatte die Angst vor ihr nicht verloren, er empfand aber eine komische Verpflichtung, ihr jetzt aus der Patsche helfen zu wollen. Das ist doch komplett absurd, ging ihm durch den Kopf, aber er tat es dennoch. Maria begriff die Situation sofort, gab ihm schweigend die Richtung an und er fuhr weiter.

    Es dämmerte langsam, und nach einigen Minuten kam das Uncle-Bobs-Self-Storage-Lagerhaus in Sichtweite. Cory stoppte am Strassenrand und schaute sich um. Die Gegend war nicht sehr belebt und inzwischen dunkel, nur der Aufseher im Wachhaus zeugte von kargem Leben. Sie schauten sich angespannt an und begannen sich über das weitere Vorgehen abzusprechen. Maria sollte sich im Gepäckraum verstecken, während er ein neues Lager anmieten sollte. Das war einfach, die Depotgebühr zwar happig, weil er keine Kreditkartennummer hinterlassen wollte. Diskretion hatte schon immer ihren Preis, das wusste er als Schweizer gut genug. Nach zehn Minuten konnte Cory vor seinen neuen Storageschuppen fahren. Er öffnete das etwa drei mal vier Meter grosse Tor, das einen acht Meter tiefen Raum freigab. Es roch nicht sehr angenehm und war trotz einer elenden, kleinen Glühbirne sehr dunkel. Etwas huschte draussen um die Ecke, es war Maria, die nun heimlich zu ihrem Lokal schlich. Cory machte mit seinem Handy mehr Licht und begann lärmend, im Inneren zu arbeiten, um eventuelle Beobachter abzulenken. Er schaffte Taschen rein und raus, als fände ein grosser Umzug statt. Zwischendurch ging er hinaus und machte ein paar Schritte vom Lager weg. Er wollte etwas Luft schnappen und dabei die Umgebung beobachten. Alles war ruhig. Wieder im Lager wartete er etwa zwanzig Minuten, bis plötzlich Maria vor ihm auftauchte. Cory liess sich nicht anmerken, dass er fürchterlich erschrak, sie bewegte sich so leise wie eine Raubkatze. Als sie sich wieder im Fond des Autos versteckt hatte, schloss er das Lager ab und fuhr zurück auf die Hauptstrasse. Maria kletterte von hinten auf den Beifahrersitz und Cory fragte sie:

- Hast du alles gefunden?
- Ja. Handy, Laptop, meine Kleider und Pistole ...

Cory hatte dies schon vorher vermutet gehabt, aber es beschlich ihn nun dennoch ein ungutes Gefühl, diese Frau mit einer Waffe neben sich zu wissen. Es war eine komplette Umkehr seiner Beherrschung der Lage von vorher. Da drehte sich Maria plötzlich energisch zu ihm und sagte emotionslos:

- Am besten du lädst mich irgendwo aus und gehst deinen Weg. Jeder muss schauen, wie er sich durchschlägt. Ich jedenfalls bin keine Bedrohung mehr für dich. Ehrlich.
- Also hast du den Bescheid gekriegt?
- Ich habe noch nicht geschaut. Das Lager war schon vor uns besucht worden, gut getarnt zwar, aber mich täuscht man nicht. Sie haben also die Seriennummer meines Handys und es ist

garantiert unter Überwachung. Ich muss den Laptop an ein anonymes WiFi-Netz mit VPN schliessen, um nachzuschauen.
- Ich will es aber sofort wissen, also bitte gehe jetzt gleich auf den Hotspot meines Handys. Der Name ist Fanatic und das Passwort Decory, VPN ist eingeschaltet.

Das tat sie und der Bescheid war tatsächlich wie erwartet gestern per E-Mail angekommen. Cory selbst hatte hingegen immer noch nichts erhalten, und Gastner rief auch nicht zurück. Marias Befürchtungen schienen also richtig. Deshalb meinte Cory:

- Jetzt hoffe ich für dich, dass die O. die kleine Zeitspanne zwischen der Funkstille und Gastners überhastete Reaktion versteht. Wir werden bei der nächsten Möglichkeit anhalten und dann kannst du verschwinden. Ich selbst habe einen Riesenhunger und wünsche mir nur noch ein Bett. Ich werde mir ein kleines Motel in der Umgebung suchen. Wenn du willst, kannst du bis dorthin mitkommen, ich glaube, momentan bist du der O. noch nicht wieder auf dem Radar aufgetaucht. Von dort aus kannst du sie benachrichtigen und weiter planen.

Maria blieb still und überlegte. Das schien logisch und auch attraktiv. Es war, als wenn beide versuchten, die Umstände so zu interpretieren, dass sie nicht sofort auseinandergehen müssten, trotz Corys Angst und Marias Nervosität. Auf Google Earth ortete sie einen Sears und bat Cory, den Umweg dorthin zu machen. Sie kaufte sich zwei billige Prepaid-Handys. Mit dem einen rief sie sofort Gastner an. Sie musste eine andere Nummer von ihm haben, denn diesmal nahm er umgehend ab.

- Guten Abend Herr Gastner, Smith hier. Sorry, es ist spät, aber wichtig.
- Guten Abend Frau Smith. Es ist gut, dass Sie anrufen und kein Problem wegen der Zeit. Haben Sie die Annullation erhalten?

- Ja, hiermit bestätige ich den Erhalt und den Abbruch des Auftrages.
- Sehr gut, ich erledige die Formalitäten und Sie werden dann benachrichtigt.

Maria wollte sich aber weiter vergewissern und fuhr mit einem Bluff fort:

- Warum zum Teufel haben sie die O. aufgerufen? Konnte dies nicht noch etwas warten? Ich habe nun ein Riesenproblem.

Es entstand eine Pause, beide waren fieberhaft am Überlegen.

- Gut, ich werde die O. sofort verständigen. Sie müssen aber verstehen, der Auftraggeber rief mich an und war aus unerfindlichen Gründen sehr nervös. Er behauptete, etwas sei schiefgelaufen und annullierte den Auftrag, darauf wollte ich ihnen dies weitergeben und Sie haben sich einfach nicht zurückgemeldet. In meiner Situation musste ich die O. anrufen. Aber ich versichere Ihnen, ich kontaktiere sie und werde die Sachlage bereinigen. Ich rufe dann zurück. Auf welche Nummer soll ich dies tun, diese Nummer hier scheint unterdrückt?
- Informieren Sie die O., aber zurückrufen tue ich, zur Sicherheit, das müssen Sie verstehen.
- Abgemacht. Ich wünsche noch einen schönen Abend.

Maria hängte auf. Kurz darauf erhielt Cory die ersehnte SMS von Gastner mit der Bestätigung der Annullation durch den Auftragnehmer und der Bitte, doch anzurufen. Maria nahm darauf das andere Handy und rief die O. an. Sie sprach Russisch und Cory verstand kein Wort. Er musste sich auf ihre spätere Erklärung des kurzen Gesprächs verlassen.

- Sie haben es zur Kenntnis genommen. Mehr nicht. Wenn ich Glück habe, werde ich lediglich keine Aufträge mehr be-

kommen. Wenn ich Pech habe, wird jemand auf mich angesetzt. Die Wahrscheinlichkeit ist zwar eher klein, denn es wäre etwas aufwändig für die kleine Gefahr, die ich für die O. darstelle. Sie werden das Lager räumen, alle Spuren bestens verwischen und mich vergessen.
- Was machst du nun?
- Es ist besser, du weisst nichts. Lass mich einfach gehen, dann schau für dich.

Welch eine Ironie dachte sich Cory, das waren dieselben letzten Worte, die er an Renée gerichtet hatte. Es war erneut eine lange Zeit ruhig im Auto. Sie fuhren weiter östlich, Richtung Orlando. Cory spürte eine aufkommende Verwirrung und suchte vergebens, sich der Pläne zu erinnern, die er glaubte gemacht zu haben. Er wusste plötzlich nicht mehr genau, was er machen sollte, sobald er Maria abgesetzt hatte. Wohin sollte er, was wollte er überhaupt noch? Was war jetzt noch der Sinn seines Daseins? Wieso war er so weit weg von zuhause? Er war müde.

- Ich werde wirklich in einem der nächsten Dörfer ein Restaurant suchen, gut essen gehen und dann in einem nahe gelegenen Motel eine Riesenrunde schlafen. Ich bin völlig ausgelaugt!

Maria wollte sich dies nicht zugeben, aber als sie Cory von der Seite beobachtete, kamen in ihr fast Beschützerinstinkte auf. Sie konnte seine Verwirrung fühlen und begriff langsam, warum dieser Mann gehen wollte. Er hatte sehr viel an sich, was Frauen mochten, war früher sicher sehr attraktiv gewesen und war es trotz seines Alters immer noch. Sie konnte ihre Zuneigung nicht einordnen. War es das Stockholmsyndrom oder einfach die fast ironische Situation, die begann, ein kleines Band zwischen ihnen zu knüpfen? Nimm dich zusammen, herrschte sie sich innerlich an, du hast schon zu viele dilettantische Fehler begangen. Sie haben dich in diese missliche Lage gebracht, also behalte einen kühlen Kopf. Dieser Mann hat sich eigentlich schon aufgegeben, er ist im Grunde genommen ein Feigling und kein Kämpfer wie du, deswegen kann er dir völlig egal sein, du musst dich alleine durchschlagen. Aber ihre Gedanken kreisen weiterhin um Cory. Da war sie nach Amerika gereist, um ihn zu töten, und war nun froh, dies nicht mehr machen zu müssen. Das ausbleibende Geld war plötzlich zweitrangig. Wenn sie die nächsten paar Tage überlebte, so liess die O. sie wahrscheinlich in Ruhe und dann wollte sie Gastner aufsuchen. Das geplante Geschäft würde die O. nicht beeinträchtigen, also würde dies eine neue Einkommensquelle darstellen, und sie konnte vielleicht anständig weiterleben. Aktuell musste sie sich nur verstecken können, um abzuwarten, bis die Luft rein war und dann nach Europa verduften.

Kissimmee 17. April/20:00

Maria hatte sich orientiert und Cory die Angaben für ein Motel in Kissimmee angegeben. Das schien für den Moment entfernt genug, um sicher zu sein. Nach etwa fünfzig Minuten fuhren sie in die Stadt ein. Dort fanden sie das gesuchte Kissimmee-Crown-Motel und schräg gegenüber erblickten sie sogar ein Red-Lobster-Restaurant. Das passte bestens. Cory parkte bei dem Motel und checkte ein, während Maria im Auto blieb. Als er zurückkam, fragte er, ob sie noch mit ihm Essen oder hier und jetzt verschwinden wollte. Sie haderte einen Moment, aber sagte schliesslich:

– Doch, ich komme gerne essen. Aber lauf du zuerst alleine zum *Red Lobster*. Ich wurde hier noch nicht gesehen und werde mich hinter dem Motel zum Restaurant schleichen. Wähle einen Tisch, der von aussen wie auch von innen schlecht sichtbar ist, dann gehe an die Bar. Ich schleiche zuerst mit meiner Tasche in dein Zimmer, dann komme ich ins Restaurant an die Bar. Reiss mich dort auf wie eine Fremde, dann gehen wir zum Tisch.
– Gut, hier ist der Schlüssel.

Cory begab sich zum *Red Lobster*. Er reservierte einen Tisch im hintersten Teil des Restaurants und begab sich zur Bar für einen Aperitif. Nach einer Viertelstunde kam Maria auch an die Bar. Cory erkannte sie fast nicht wieder. Sie trug ein weites T-Shirt mit kurzem Rock und hatte ihre Haare speziell zusammengebunden. Es erschien, als ob sie kurz geschnitten wären mit drei eingefädelten Spangen, die ihnen eine hellere Färbung gaben. Für diese kurze Zeit war es eine phänomenale Verwandlung. Diese Frau war einfach herrlich unberechenbar. Cory liess seinen etwas angerosteten Charme walten und nach zwei Bier begaben sie sich zu seinem Tisch. Er bestellte *Surf & Turf* und sie einen Tilapia mit Gemüse, dazu eine Flasche roten Coppola. Maria wollte nur einen kleinen Schluck, Cory meinte trocken, er werde sich dann schon um den Rest kümmern. Sie waren alleine im hintersten Winkel des Raumes.

– Wirst du das Geschäft mit Gastner machen, ich meine falls ... na ja, du weisst.
– Falls ich überlebe, meinst du. Ja. Ich bin es leid, einfach so zu töten, glaub mir. Obschon alle Opfer West-Dreckschweine waren und es mir immer egal war, denn ich sagte mir, mach ich es nicht, macht's ein anderer. Erledigt wird es sowieso, also besorge ich es schmerzlos, sauber und bekomme die Kohle.

Da war sie wieder, diese Abgebrühtheit, diese Kälte und die Teilnahmslosigkeit, die sie so gefährlich machte. Das mit den Westlern erstaunte ihn dennoch, da wollte er noch nachhaken. Maria aber wechselte das Thema.

– Wieso willst du dein Leben eigentlich wegwerfen? Ich sehe schon, wo der Schuh drückt, aber einfach so aufzugeben ohne Kampf ist für mich fast Feigheit.

Cory wartete einige Augenblicke, bevor er antwortete.

– Vielleicht, aber es gibt verschiedene Möglichkeiten, gegen ein Übel anzukämpfen. Du lebst in einem seelischen Chaos und schlägst deshalb rachsüchtig um dich, zumindest aber hast du noch Hoffnung auf eine Verbesserung. Ich befinde mich dagegen in einem physischen Chaos, das keine Besserung mehr verspricht. Da ist ein freiwilliges Abtreten nicht völlig absurd.

Er machte erneut eine Pause, dann wedelte er mit seiner Hand, wie wenn er den letzten Gedanken wegwischen wollte.

– In meinen Augen ist die Überbevölkerung der primäre Grund der weltweiten Probleme. Schmeiss zwölf Ratten in einen grossen Käfig, und sie leben eine funktionierende Gesellschaft. Schmeiss mehr als 24 rein, dann beginnen sie sich wegen Dichtestress und Futtermangel gegenseitig aufzufressen. Der Mensch reagiert nicht anders. Es hätte vielleicht noch Platz auf dieser Welt, aber wir drängen uns alle blindwütig in die Ballungszentren. Man will mit dem modernen Flow gehen, zudem muss man sich dort nicht gross anstrengen. Wenn es anderen genauso schlecht geht wie dir, gibt dir die Masse in der kollektiven Aussichtslosigkeit eine trügerische Geborgenheit. Die Folge ist eine chaotische Lethargie. Darin brütet dann das Anarchische und Archaische. Aber vielleicht braucht es genau diesen Rückfall in das Unzivilisierte, Rohe und Brutale, um etwas Neues und Besseres zu kreieren. Vielleicht ist es ein Naturgesetz, dass bei grossem Dichtestress immer mehr der Extremismus und schlussendlich der Terrorismus blühen. In solchem Chaos flieht der vermeintlich Starke hinter die Kalaschnikow und brüllt im Schweinestall der Extremisten laut mit. Das gibt ihm ein Gefühl der Geborgenheit und Stärke. Dass ihn dies lediglich als schwachsinnige Null entlarvt, ist ihm dabei völlig egal, denken ist nicht mehr angesagt.

Land of Confusion by Genesis

I must've dreamed a thousand dreams
Been haunted by a million screams
But I can hear the marching feet
They're moving into the street.
Now did you read the news today
They say the danger's gone away
But I can see the fire's still alight
There burning into the night.
There's too many men
Too many people
Making too many problems
And not much love to go round
Can't you see
This is a land of confusion.

Kissimmee 17. April/20:00

Nach einer langen Pause fuhr Cory weiter:

– Du nennst mich einen Feigling, weil ich durch Exitus fliehen will. Vielleicht stimmt das. Ganz abgesehen davon ist ein entscheidender Faktor der Überbevölkerung die riesige Überalterung. Diese entartet zunehmend in Demenz, so ist es für die Dementen Zeit zu verschwinden, um das resultierende Chaos nicht noch zu erhöhen. Ob das Feigheit ist oder Logik, sei dahingestellt. Ich jedenfalls möchte nur mich selbst vernichten.

Dann fügte Cory etwas leiser noch an:

– Ich bin aber unfähig oder zu feige, wie du das nennst, um dies selbst anzustellen. Ich könnte mir wahrscheinlich kaum eine Kugel geben oder ein Wässerlein trinken in Anwesenheit eines Arztes und eines Anwalts. Wenn ich dabei an einen wie Gastner denke, so erfasst mich das nackte Grauen, und ich würde wohl schon an Brechreiz sterben. Ich möchte meinen Abgang völlig unvorbereitet erleben. Das ist mein Wunsch und wenn dieser anderen Leuten pervers erscheint, sei's drum.

Cory wollte dann seine vielleicht etwas dunklen Ansichten doch noch mit ein wenig Sarkasmus erhellen:

– Viele meiner früheren Idole sind inzwischen schon von uns gegangen: John Lennon, Stephen Hawking oder Vaclav Havel. Wenn in absehbarer Zeit dann mal Bruce Springsteen, Eric Clapton und Paul Krugman auch nicht mehr sein werden und mich mit den Biebers, Trumps und Bohlens zum Ableben alleine lassen, so wäre dies ein weitaus qualvollerer Abgang. Ich sorge also vor.

Maria war sprachlos, so eine Antwort hatte sie nicht erwartet, auch die sarkastische nicht. Sie wollte jedoch nicht weiter darauf eingehen und wusste im Moment sowieso keine Antwort. Sie wollte nur weiter einen schönen Abend geniessen, deshalb wechselte sie erneut das Thema:

- Woher kennst du eigentlich Gastner?
- Er war früher mal bei der UNICEF, jedenfalls habe ich ihn in Indien in einem Kinderdorf kennengelernt.
- Du warst in einem Kinderdorf in Indien?
- In den frühen 80ern war ich beruflich oft in Indien. Einmal gab ich einem bettelnden Mädchen einen Riegel und wurde von ihrem Vater übel beschimpft. Er wollte nur Geld erbettelt haben, einen Riegel in ihrem Bauch konnte der Vater eben nicht mehr zu Schnaps verscherbeln und sein Clan-Chef nicht zu einem BMW. Das Kind war beiden egal. Das hat mich tief betroffen und ich half dann einem Berufskollegen bei einem Projekt mit Direkthilfe für Kinder. Nur mit Geld zwar, aber ich ging das Dorf einmal besuchen und da war Gastner als Delegierter einer humanitären Organisation eben gerade auch zu Besuch.
- Das hätte ich von dir nicht erwartet! War das Projekt ein Erfolg?
- Zuerst ja, dann aber zweigten die Gastners und Co. sowie die lokalen Verantwortlichen einfach das meiste für sich ab, die übliche Korruption auf dieser Welt. Es sickerte nichts Zählbares mehr durch und dieses wenige versandete auch noch irgendwohin, nur nicht zu den Kindern.
- Es kommt einfach viel zu wenig, eure Staaten sind dermassen reich und geben dermassen wenig.
- Was der Westen auch gibt, es wird immer als zu wenig und als falsch angeprangert. Die empfangenden Länder wollen immer mehr, dabei möchten sie vollkommen selbst bestimmen, was damit angefangen werden soll und auf keinen Fall einen Rat annehmen. Das beleidige sie und untergrabe ihre Selbstbestimmung. Am allerliebsten wollen sie nur Geld und

Waffen. Geld geht dann schnurstracks an die korrupte Oberschicht und postwendend zurück auf deren Schweizer Konten. Die Waffen werden gebraucht, um sich gegen die arm bleibende Bevölkerung abzugrenzen und zu beschützen. Berater, die es gut meinen, werden gemobbt und ausgewiesen, es bleiben nur die korrupten Mitläufer.

- Das ist eine billige Verallgemeinerung, ihr könntet viel mehr leisten.

- Vielleicht, aber was leisten denn andere? Russland oder China? Die wollen nur Rohstoffe und Einfluss. Von dort kommen aber die meisten Waffen und Schmiergelder, jedoch sehr wenig echte Hilfe. Sicher keine Unterstützung in Sachen Ausbildung zur Autonomie. Hilf dir selbst, dann hilft dir Gott, heisst es doch? Dort müsste man ansetzen, das geht aber leider meistens gegen den Stolz der betroffenen Leute. Sie empfinden dies zuerst einmal als Kritik, als bezichtige man sie der Faulheit. Es wird abgeblockt und vieles endet in einer undankbaren Sisyphusarbeit.

Beide realisierten, dass sie eigentlich ähnliche Ansichten hatten, Cory war ziemlich abgelöscht von dieser Welt und Maria musste ihre aus denselben Gründen tief sitzenden Aggressionen zurückhalten, denn sie erkannte, dass er viel mehr Empathie für das Elend auf Erden hatte als der durchschnittliche Westler. Nach einigen stillen Momenten fragte Cory:

- Wie gedenkst du nun weiterzumachen?
- Hm, wie gesagt, ich will nach Europa zurück, dann mal den Ball flach halten. Wenn das mit Gastner klappt, so wäre es eine mir durchaus genehme Möglichkeit. Leute, die sterben wollen und nicht dürfen, gibt es anscheinend viele. Da wäre so ein Service eine Marktlücke, eine, die man sogar fast als humanitär beteiln könnte, wenn ich zynisch an deine vorherigen Gedanken anknüpfen darf.

- Da bin ich durchaus deiner Meinung. Du und Gastner werdet ein echt schönes Pärchen abgeben. Ihr könnt euren Service zum Beispiel „Gastner & Spengler, The Final GaSp Agency" nennen.

Maria konnte ein Schmunzeln nicht unterdrücken, zu gut war dieses sarkastische Wortspiel mit ihren Nachnamen. Cory fuhr aber fort:

- Ich selbst möchte eigentlich immer noch wie im ursprünglichen Auftrag weitermachen. Im Moment habe ich jedoch etwas die Schnauze voll. Es ging bis jetzt alles schief.
- Ich weiss, ich weiss, es ist grösstenteils mein Fehler. Zu grosse Unachtsamkeit. Wenn es etwas bringen würde, so würde ich jetzt „sorry" sagen.
- Deine Entschuldigung ist angenommen, aber nur, wenn du tatsächlich nur noch in der neuen, ach so humanitären Richtung operativ arbeiten willst. Es würde mich etwas milder stimmen. Das heisst aber nicht, dass du gerade jetzt bei mir anfangen sollst. Ich muss mir alles zuerst noch einmal durch den senilen Kopf gehen lassen.
- Für dich würde ich den Auftrag auch nicht mehr übernehmen, zu unberechenbar und chaotisch bist du als Zielscheibe. Alles, ohne es eigentlich zu wollen, und das macht dich gefährlich für jeden noch so guten Auftragnehmer.

Sie konnten plötzlich lachen, es war für beide eine völlig neue Erfahrung, so offen über diese doch morbiden Sachen sprechen zu können. Dabei konnte Cory zum ersten Mal auch über sein Gebrechen sprechen und ihr ohne Zynismus auslegen, warum er gehen wollte, bevor es richtig einschlug. Dies tat Maria überraschenderweise fast weh. Sie begann einen kleinen Narren an diesem alten Mann zu fressen. Wenn Lebensweisheit übertragen werden könnte, so wäre er in ihren Augen ein geeigneter Spender.

Cory fragte weiter:

- Wie kannst du eigentlich sicher sein, dass die O. dich jetzt in Ruhe lässt?
- Das kann ich leider nicht. Sie tolerieren wie gesagt keine Fehler und noch weniger irgendwelche Spuren, die zu ihnen führen. Ich verschwand vom Radar als ich vom Hyatt auscheckte und losfuhr. Danach hatte ich mit niemandem mehr Kontakt, weder physisch noch elektronisch. Dann hast du mich sauber kaltgestellt. Das war für mich erniedrigend, ehrlich, ist jetzt aber ein Vorteil. Ich weiss nicht, ob und wann sie mich wieder aufspüren und wie sie die Sache schlussendlich beurteilen werden. Rechnen muss ich jedoch nach wie vor mit dem Schlimmsten.

Als sie gegessen hatten, führten sie eine kleine Show auf, als ob das vorher begonnene Date sich nicht eben günstig entwickelt habe. Sie wollten eine Spur hinterlassen, die eines Singles, der sich an der Bar eine leichte Dame angelacht hatte, das Abenteuer aber nicht erfolgreich war und die anonyme Dame dann einfach verschwand.

Maria war ebenfalls hundemüde und schätzte die Situation so ein, dass eine Nacht im Motel ungefährlich sei. Sie wollte am nächsten Morgen ganz früh verschwinden. Nachdem sie Cory im Restaurant stehen gelassen hatte, schlich sie sich ins Zimmer zurück. Cory erreichte dieses dann gut hörbar eine halbe Stunde später nach einem Trostbier an der Bar. Es war dunkel und er machte Licht. Auf dem Kingsizebett sah er die Ausbuchtung, wo Maria schon unter der Decke lag. Er ging ins Badezimmer und machte sich genüsslich unter der Dusche breit. Als er fertig war, legte er sich erschöpft, aber eigentlich zufrieden ins Bett. Er flüsterte ein „Schlaf gut", und sie nuschelte etwas zurück, dann wühlte er sich unter seine Decke. Es dauerte aber nicht lange, da spürte er eine Hand, die nach ihm suchte. Er liess sich zwar widerstandslos hinüberziehen, aber seine Sinne waren dabei nicht nur erotisch geschärft. Er war auch immer noch auf der Hut, traute ihr doch nicht hundertprozentig, aber gerade dies hatte seinen speziellen Reiz. Jedenfalls genoss er dieses Abenteuer in vollen Zügen im vollen Bewusstsein, dass es sein letztes sein könnte.

Kissimmee 18. April/04:30

Cory erwachte sehr früh, weil er aufs Klo musste, eine lästige Nebenerscheinung des Alters und des Trostbieres. Aber er brauchte wenig Schlaf und verspürte eine richtig gute Laune sowie ein Bedürfnis nach Bewegung. Am Morgen hatte er in letzter Zeit oft Anlaufschwierigkeiten mit dem Denken und das Ankurbeln des Blutkreislaufes half seinen grauen Zellen anzuspringen. Die werde er heute sicher gut brauchen können, meinte er. Es war noch nicht mal fünf Uhr morgens, und Maria war schon wach und am Packen. Beide wussten, dass dies das Adieu war.

– Kannst du ein gut sichtbares Ablenkungsmanöver starten, damit ich ungesehen verschwinden kann, bitte? Ich glaube, du wolltest sowieso joggen gehen, das würde gut passen.

Cory nickte, zog sich an, gab Maria einen flüchtigen Kuss auf die Backe, öffnete gut hörbar die Tür und joggte um den Parkplatz herum in Richtung eines kleinen Teiches hinter dem Motel. Er liebte diese frühe Morgenstimmung, die Luft war kühl, die Vögel begannen zögerlich zu zwitschern und es war noch niemand unterwegs, die Welt noch völlig in Ordnung. Cory versuchte leicht trabend alle Ereignisse im Zeitraffer vor sich ablaufen zu lassen, um sich klar zu werden, was er jetzt unternehmen sollte. Maria war inzwischen sicher schon weg. Was mache ich fortan aus meinem Leben? Was plante Maria? Wo war Renée und wie ging es ihr? Seine anfänglich gute Laune verfinsterte sich dabei zusehends. Der Rhythmus seiner Schritte wurde langsamer und er fühlte sich auf einmal schlapp. Nichts hatte funktioniert, die ganze Situation war völlig unbefriedigend. Cory war mehr und mehr einfach nur frustriert. Anstatt eine zweite Runde um den Teich anzugehen, steuerte er wieder zurück. Hinter dem Motel befand sich ein vergammelter Kinderspielplatz. Cory setzte sich dort auf eine Bank vor einer kaputten Kinderschaukel. Sie hatte einen dreckigen Plastikkopf, der den blöde grinsenden Goofy darstellten sollte. Es kam ihm vor, wie wenn der Herrgott durch diese Fratze auf ihn herabschaute und spottete: „Das hast du nun davon, weil du selber Gott spielen wolltest." Cory war beileibe nicht religiös, und er musste ob dieser sarkastischen Vorstellung fast lachen. Sein Glaube orientierte sich an der Natur, die uns Menschen immer ein Rätsel bleiben wird und uns immer wieder aufs Neue wunderbare, unerklärliche Erscheinungen beschert. Dabei fühlte er sich oft demütig und winzig klein in diesem fantastischen Kosmos. Die verschiedenen Religionen waren ursprünglich sowieso nur Leitplanken früher Kulturen, die ein Zusammenleben der Menschen in geordnete Bahnen lenken sollten. Die ungebildeten Massen mit ihrem vorherrschenden Aberglauben lechzten aber nach mehr als nur leitende Gebote und erstellten sich immer wieder plakative Götzen, um sie anzubeten. Die anfänglich sicher gut gemeinten Gedanken dieser intelligenten Philosophien konnten dadurch nur allzu leicht von opportunistischen Machthabern für weniger edle Zwecke missbraucht werden. Die Märchen von einem wunderschönen Paradies, wenn man sich zeitlebens artig und bescheiden aufführte, von 72 Jungfrauen, wenn man sich zum Märtyrer manipulieren liess, oder vom Aufstieg in ein höheres Wesen bei der nächsten Wiedergeburt wurden doch nur erfunden, um die Massen unter zynischer Kontrolle zu halten. Cory glaubte durchaus, dass der Mensch ein höher entwickeltes Lebewesen war, aber er erfuhr aktuell am eigenen Leibe, dass auch solche Wesen brutal sterblich sind, trotz aller vermeintlich überlegener Intelligenz. Das wird keine Glaubensrichtung je ändern können, vorherrschen tut die Mutter Natur und das ist auch gut so. Bald werde er nicht mehr existieren, aber die Natur bleibt. Auf ewig. Vielleicht nicht in der Form, wie sich der Mensch dies vorstellt, zu garstig geht er mit dem kleinen Teil Natur um, der ihm zu Füssen liegt. Aber das spielt eine nur winzig kleine Rolle im grossen Schauspiel des Kosmos. Die Erde muss dabei nicht gerettet werden, sie wird in irgendeiner Form noch lange weiter bestehen. Was gerettet werden sollte, wären höchstens die Umweltbedingungen, die dem Homo sapiens ein Überleben erlaubten, und da war sich Cory nicht einmal mehr sicher, ob das überhaupt wünschenswert war. Mit leerem Blick schaute er eine ganze Weile in die Dunkelheit, als eine Explosion ihn jäh in die Gegenwart zurückholte. Er duckte sich verblüfft hinter Goofy, der sich also doch noch als halbwegs nützlich herausstellte, und schielte nach dem Feuerball. Dabei stellte er mit Schrecken fest, dass der aus seinem Zimmer kam. Nachdem der erste Schock vorüber war, keimte eine beklemmende Unsicherheit in ihm auf. Was war eigentlich los? Er wusste momentan nicht mehr genau, was er hier machte, warum sein Zimmer nun brannte und warum er nicht darin schlief. Der Himmel rötete sich langsam im Osten, und Cory sah einige Leute verstört aus den anderen Hotelzimmern stürzen. Sie bewegten sich zum Empfang und fast automatisch lief er auch dorthin. Man hörte entfernt schon Sirenen heulen. Bevor die ersten Fahrzeuge auftauchten, wandten sich aus dem Pulk der wartenden Menschen zwei dunkel gekleidete Männer an Cory. Mit kräftigen Händen zerrten sie ihn unsanft zur Seite in ein Auto, das darauf sofort losfuhr. Niemand achtete auf diese Szene, zu gross war noch die Konfusion. Cory empfand komischerweise kaum Angst und wehrte sich nicht. Völlig abgestumpft wunderte er sich nur, was das sollte und wer zum Teufel diese Männer waren. Die O.? Neue Auftragnehmer? Polizei? Cory musste sich höllisch konzentrieren, um überhaupt noch klar denken zu können. Das Auto fuhr in Richtung Orlando mit Cory im Clinch der beiden schweigenden Männer auf dem Rücksitz. Die Morgenröte meldete einen schönen Tag an, doch Cory vermutete, dass er diesen wohl kaum geniessen würde. Im allgemeinen Schweigen rasten seine Gedanken zwischen allen möglichen Erklärungen hin und her, ohne dass er sie vernünftig einordnen konnte. Was würden sie mit ihm machen wollen? Wenn sie ihn liquidieren wollten, so wäre dies sicher schon geschehen. Warum die Explosion? Cory erkannte kurz das *Orange County Convention Center*, bevor einer der Männer ihm eine schwarze Mütze überstülpte. Die Fahrt ging noch etwa zehn Minuten weiter, dann stoppte die Limousine in einer Tiefgarage. Die Männer zerrten Cory in einen Aufzug, dann in ein Zimmer bestückt mit einem Tisch, drei Stühlen und einer Pritsche. Sie nahmen ihm die Mütze ab und verschwanden. Nach einigem Auf und Ab legte er sich auf die Pritsche und versuchte an nichts zu denken. Cory fuhr erschrocken zusammen als die beiden bekannten Männer wieder eintraten, er schien tatsächlich kurz eingenickt zu sein. Sie forderten ihn auf, sich an den Tisch zu setzen. Eine solche Szene hatte er in unzähligen Krimis schon oft gesehen. Der karge Raum, der Tisch mit Wasserflasche und einem Glas sowie dem *Good Cop* und *Bad Cop*. Leicht gespannt wartete er ab, was nun passieren würde.

- Konrad Derrungs. Kommen wir gleich zur Sache. Was wir wissen, ist Folgendes: Du bist mit einer Renée Greider kürzlich in Clearwater abgestiegen. Ihr habt an einem Fest einen Mann namens Tomaso kennengelernt, der seinerseits mit einer Frau Namens Marian Smith dort weilte. Du, Marian und Tomaso waren letztes Jahr schon einmal gleichzeitig in Italien sowie in der Schweiz beobachtet worden. Tomaso wird am nächsten Tag in Clearwater tot aufgefunden, Marian verschwindet plötzlich, genauso wie Renée. Zwei Tage später werden du und Marian zusammen gesichtet. Von Marian und dir konnten wir Verbindungen zu einer Schweizer Anwaltskanzlei ausmachen. Wir haben eine ziemlich konkrete Ahnung der Aktivitäten von Marian, von Renée nehmen wir an, dass sie eigentlich nur mit dir unterwegs war, aber sonst bedeutungslos zu sein scheint. Bei dir tappen wir hingegen ziemlich im Dunkeln.

Cory blieb regungslos. Der Wortführer schaute Cory gespannt an, als keine Antwort erfolgte, fuhr er fort:

- Bei der heutigen Explosion im Motel ist jemand umgekommen. Was die Öffentlichkeit anbelangt, ist dies ein gewisser Konrad Derrungs. Ein tragischer Unfall eines Touristen mit Campinggas, alle sind eine Zeit lang betroffen und die Welt dreht sich danach normal weiter. Du siehst, wir können dich hierbehalten und mit dir machen, was wir wollen, solange wir wollen, kein Hahn wird je wieder nach dir krähen.

Der Mann machte eine lange Pause. Als Cory immer noch völlig regungslos vor ihnen sass, sagte er mit nun etwas bedrohlicherem Ton:

– Also, wir hören dir jetzt aufmerksam zu und möchten die Wahrheit, die ganze Wahrheit und nur die Wahrheit. Haben ich mich klar ausgedrückt?

Cory musste die Informationen zuerst einmal verarbeiten. Diese Männer wussten überraschend viel, und er hatte den scharfen Unterton durchaus erkannt. Um sich etwas zu fassen und Zeit zu verschaffen, fragte Cory:

– Wer seid ihr eigentlich? Polizei? FBI?
– Momentan stellen wir die Fragen und du lieferst Antworten. Wir wollen wissen, was du in diesem illustren Kreis machst. Was ist deine Aufgabe? Für wen arbeitest du?

Der Ton hatte sich noch um eine Stufe verschärft. Obschon Cory sich vorher eingebläut hatte, locker zu bleiben, er habe ja nichts zu verlieren, wurde es ihm langsam doch unheimlich. Er konnte durchaus verstehen, dass seine Rolle in der ganzen Geschichte für Aussenstehende schwer nachvollziehbar war. Wer würde an einen Auftrag wie den seinen denken. Aber die Sache mit der Explosion und dieser ominösen Leiche verwirrte ihn. Er hoffte dabei inständig, dass es nicht Maria war, die eventuell etwas vergessen hatte und ins Zimmer zurückgekehrt war. Er wollte sich vergewissern:

– Ist die Leiche Maria?
– Konrad, beginn zu singen, sonst werden wir ungemütlich.

Das Ganze wuchs Cory langsam über den Kopf, und es wurde ihm klar, dass er wahrscheinlich kooperieren musste. Er hatte ja kaum etwas zu verbergen. Also begann er seine Geschichte zu erzählen. Aber schon während der ersten Ausführungen konnte er aus den Blicken der beiden Männer entnehmen, wie wenig Glauben sie diesen schenkten.

- Erzähl uns keine Märchen. Nochmals: Wer bist du, für wen arbeitest du und was war deine Mission?
- Leute, ich kann nicht mehr als die Wahrheit sagen. Es mag unwahrscheinlich klingen, aber so ist es. Ich bin wirklich nur in meiner Mission unterwegs. Dass ich Maria gekidnappt habe, entsprang meiner Sorge für Renée. Sonst wäre ich heute wahrscheinlich am Surfen oder tot, jedenfalls weniger frustriert als jetzt und hier!

Die Männer schauten ihn einen Moment wortlos an, dann standen sie auf und verliessen das Zimmer, nicht ohne es von aussen zu verschliessen.

Cory fühlte sich immer unsicherer. Er wusste um seinen Zustand und konnte im Augenblick seinen Sinnen nicht mehr trauen. Es kroch die Angst in ihm auf, durch Erinnerungslücken ein verzerrtes Bild der Situation zu haben. Er empfand nicht Angst um sich selbst, sondern neuerdings wieder um Renée, da auch ihr Name in diesem Raum gefallen war. Was Maria anging, war er sich abermals nicht sicher. Zudem fühlte er sich gefangen und machtlos, sowohl physisch wie psychisch.

Nach ein paar endlosen Stunden öffnete eine Frau die Türe und brachte ihm etwas zu essen. Cory sah hinter der Türe schemenhaft einen Mann, der sicherlich ein Wachtposten war. Sie meinte lakonisch, falls Cory etwas Neues zu berichten habe, könne er jederzeit klopfen. Bevor sie den Raum verliess und erneut abschloss, schob sie einen Teil der Rückwand zurück, die eine kleine Toilette mit Dusche freigab, wo auch Toiletterie mit einem Satz Kleider bereitlagen. Erst jetzt dämmerte es Cory, dass seine Habseligkeiten und Dokumente allesamt verbrannt sein mussten. Wie hatte der Mann doch so beiläufig gesagt: Konrad Derrungs existiert für die Aussenwelt nicht mehr. Eigentlich genau so, wie er es gewünscht hatte, plötzlich und schmerzlos, ohne dass einer seiner Lieben irgendwelche Schuld trug, auch kein Selbstmord, einfach ein tragischer Unfall oder Opfer einer unerklärlichen kriminellen Tat. Das Unschöne daran war jedoch, dass er noch lebte, zudem in Gefangenschaft, wie er inzwischen realisierte. Sein einziger verbleibender Kontakt wollte Informationen, die er nicht hatte, dazu sein Gehirn, das ihn langsam, aber sicher im Stich liess. Cory versuchte sich einzureden, dies sei eigentlich ganz in Ordnung so, es werde ja niemand einen Nachteil daraus ziehen. Sein Erbe würde grösstenteils an seine Tochter gehen, seine Ex-Frau bekam einen passablen Batzen und auch Renée einen kleinen Anteil. Alle durften ihm etwas nachtrauern und dann ihrer Wege gehen. Aber er selbst sollte dabei ja im Jenseits sein. Dass er noch unter solchen Umständen lebte, machte es ihm nicht möglich, diese guten Seiten einfach zu akzeptieren. Sollte er vielleicht an Selbstmord denken? Er schaute sich im Zimmer um und musste feststellen, dass praktisch keine Gegenstände dafür geeignet waren. Weise Voraussicht, dachte sich Cory, wohlwissend, dass er für so ein Unterfangen sowieso zu feige wäre und dass er sicher unter Kameraüberwachung stand. Also keine Lösung. Er könnte aber die Männer so provozieren, dass sie ihn umbringen würden. Dafür waren sie aber wahrscheinlich zu professionell, da sie ja letztendlich Informationen von ihm wollten. Sie würden ihn wohl eher foltern, was kaum eine erstrebenswerte Vorstellung sein konnte. Das Beste war abzuwarten, entschied er, das werde ihn zwar in den Wahnsinn treiben, aber damit müsste er seine Situation wenigstens nicht mehr bewusst aushalten. Also nahm er eine Dusche und legte sich schlafen.

Orlando, 20. April/11:30

Es vergingen zwei volle Tage. In eintöniger Routine wurde ihm das Essen gebracht und Cory versuchte, so gut es ging, die Einöde auszuhalten. Der Tagesrhythmus wurde jedoch oft gestört, entweder wurde er plötzlich aus dem Schlaf gerissen oder es dauerte lange, bis das Essen kam. Er war sicher, dass dies bewusst gemacht wurde, um ihn zu zermürben. Oder etwa nicht? Wurde er paranoid oder verlor er langsam wirklich seinen Verstand? Die Tür ging wieder einmal abrupt auf und die zwei bekannten Männer weckten Cory aus dem Tiefschlaf. Er war völlig verwirrt und wusste überhaupt nicht, wo er war und was um ihn herum abging. Einer der Männer zerrte ihn auf den Stuhl, der andere schwieg wie bis jetzt, schaute ihn aber stechend an.

- Was soll das? Wo bin ich? Was wollt ihr von mir?
- Guten Morgen Konrad. Gut geschlafen? Wir möchten ein bisschen mit dir reden.

Cory verstand Bahnhof. Er erkannte zwar den Mann wieder, konnte die Situation aber überhaupt nicht einzuordnen. Dass sie nicht gut war, schien ihm klar, und deshalb verspürte er nur noch einen Drang, nämlich wegzugehen. Er stand auf und wollte zur Tür hinaus, wurde aber sofort grob zurückgehalten und mit einer schallenden Ohrfeige zurück auf den Stuhl gesandt.

- Mach keinen Scheiss. Du verbesserst deine Situation nicht mit solchen Mätzchen. Wir haben Geduld und du keine Option. Also, warum willst du nicht anfangen zu kooperieren?

Cory schaute sie nur entgeistert an. Er konnte sich zwar langsam an Bruchstücke der letzten Tage erinnern, aber etwas in ihm begann sich gegen diese Erinnerung zu wehren. Ein ganz neues Gefühl erfasste ihn, eines einer Art Entrücktheit, das ihm etwas wie Wohlbefinden bereitete. Es erlaubte ihm, sich der aktuellen und beklemmenden Realität zu entziehen

Einer der Männer setzte sich auf den gegenüberliegenden Stuhl. Er schaute Cory einige Augenblicke bohrend an, schien dadurch aber leicht verunsichert. Irgendwie stimmte da etwas nicht, das zaghafte Lächeln, das Cory aufsetzte, passte nicht zu der erwarteten Stimmung.

- Was soll das eigentlich Konrad?
- Leck mich am Arsch.
- Das bringt uns kaum weiter, weder dich noch uns. Siehst du das nicht ein?

Cory fing sich langsam auf. Obschon sich dieses neue Etwas in ihm dagegen sträubte, wurde ihm die Situation langsam wieder klar. Deshalb verspürte er eine aufkommende Wut, die er jedoch zu zügeln versuchte. Die noch schmerzende Ohrfeige des schweigenden Bodyguards mit dem stechenden Blick war Grund genug. Er erwiderte nun trotzig den Blick seines Gegenübers. Dieser wartete einige Momente, dann meinte er.

- Wir scheinen uns auf verschiedenen Planeten zu bewegen. Ich weiss nicht genau, wie wir uns treffen können, aber ich glaube, beide Seiten sollten ein Interesse daran haben.
- Wohl kaum, ich jedenfalls nicht.
- Ich glaube doch. Schau, wir haben da was für dich.

Er nahm sein Handy und drehte es zu Cory. Ein Video begann zu spielen. Man sah ein Café im Zürcher Niederdorf, wo ein paar Leute sich an einem Tisch sitzend unterhielten. Deutlich konnte man Renée erkennen. Sie sah blendend aus, hatte einen neuen Haarschnitt, schien aber etwas bedrückt zu sein. Die Kamera schwenkte auf eine Hand, die eine Zeitung mit dem vorgestrigen Datum hielt. Ein kurzer Schnitt und eine zweite Szene zeigte Corys Tochter, die in undefinierbarer Umgebung und sichtlich bewegt eine Urne gereicht erhielt.

Cory war wie gelähmt. Der Schmerz und die Besorgnis, die diese Bilder bewirkten, begannen hingegen eine immense Wut in ihm auszulösen.

- Ihre verdammten dreckigen Schweine!

entfuhr es ihm, er juckte aus seinem Stuhl heraus und wollte seinem Gegenüber an den Kragen. Da machte der Türsteher einen kleinen Schritt vorwärts, packte Cory brutal am Hals und drückte ihn zurück in den Stuhl.

Mit deutlich indischem Akzent und ebenso deutlicher Wut zischte er:

- Ausgerechnet ihr wollt irgendwas von dreckigen Schweinen plappern, ihr verfluchten Hurensöhne, wenn ich könnte, so ...

Mit einer kurzen Handbewegung des sitzenden Mannes wurde er jedoch barsch zur Tür zurückgewiesen.

Cory stachelte dies nur noch mehr an, er hatte überhaupt keine Angst mehr vor diesen Männern, nur noch Abscheu. Man solle doch alles mit ihm machen, auch eventuelle Folter mochte ihn nicht mehr zu erschrecken, denn was auch immer mit ihm geschehen sollte, er wollte auf keinen Fall, dass Renée oder seine Tochter irgendwie Schaden nehmen sollten.

- Doch, Drecksäcke seid ihr. Alles, was ich wollte, war in Würde zu gehen, bevor diese im Eimer ist und dabei niemandem schaden. Vielleicht nicht die eleganteste Art mit diesem Auftrag, aber sauber und harmlos. All dies wurde effizient verhindert, durch eigenen und fremden Einfluss, sicher. Jetzt werde ich aber festgehalten, da ihr irgendwelche Scheisse aus mir herauspressen wollt, zudem bedroht ihr völlig sinnlos meine Lieben. Ich habe meine Geschichte erzählt und kann bestenfalls irgendeinen Blödsinn erfinden, um euch zu befriedigen, wenn ihr mir gnädigerweise sagen würdet, was ihr gerne hören möchtet. Aber ganz ehrlich, das Einzige, was mich interessiert, ist, dass ihr Renée und Sandra in Ruhe lasst und mich einfach schnell und schmerzlos entsorgt. Basta.

Es folgte ein derber Fluch und Cory sank erschöpft zurück in den Stuhl. Er schloss die Augen und wollte einfach wegtreten, zumindest nicht mehr kommunizieren. Es hatte sich alles komplett falsch entwickelt. Inzwischen bereute er seine ausgefallene Idee zutiefst, noch vor einem Jahr fand er sie genial und auf ihn massgeschneidert. Wie konnte er aber nur so naiv sein und glauben, dass die Geister, die er rief, sich genau nach seinen Vorstellungen verhalten würden, waren es doch mehrheitlich zwielichtige Figuren, die dazu aufgerufen werden mussten. Er machte sich riesige Vorwürfe, denn er realisierte nun, dass er mehr Probleme verursacht hatte, als solche zu verhindern, weil eben seine Lieben in den ganzen Mist einbezogen wurden. Cory sah alles und alle nunmehr in einem rabenschwarzen Licht. Gastner, die O., inzwischen auch Maria und nun die ominösen Männer, alles wies auf eine beklemmende Kriminalität hin. Könnte er doch einfach auf der Stelle tot sein, vielleicht würden dann diese Geister seine Lieben in Ruhe lassen. Oder sollte er hoffen, dass seine Demenz voll ausbrechen würde? Wenn er nicht mehr zurechnungsfähig war, die ganze Welt ihn aber schon als tot wähnte, würden seine Peiniger ihn wahrscheinlich schnell und spurlos entsorgen wollen. Ja, dies schien ein durchaus gangbarer Weg, der Cory plötzlich sogar ganz gut gefiel! Die Vorstellung, dass Sandra oder Renée irgendwie in Gefahr waren, hoben all die verdrängten Ängste vor dem Tod in ihm auf. Nicht dass er plötzlich eine direkte Sehnsucht nach seinem Ableben verspürte, aber die Selbstvorwürfe entfachten ein Verantwortungsbewusstsein, das seinen Tod nun voraussetzte. Cory beschloss, ab sofort auf dieses Ziel hinzuarbeiten.

Paul, so nannte sich der sitzende Mann, beobachtete Cory und schien zu spüren, dass sich etwas verändert hatte. Seine Mission war, Informationen zu erlangen, und sein Objekt verhielt sich nicht nur renitent, sondern schien plötzlich irgendwie weg zu driften. Er war ausgebildet in jeder erdenklichen Art von Befragungen, aber dieser Mann stellte ihn vor ein Rätsel. Er schien zeitweise verwirrt, dann aggressiv und zeigte wenig Anzeichen von Angst. Paul erhoffte sich einen Durchbruch in seinen Ermittlungen, aber die Befragung war bisher unbefriedigend, denn Cory reagierte nicht auf Pauls vermeintlichen Trumpf, nämlich seine offensichtliche Ausgeliefertheit, da er offiziell als tot galt. Er reagierte auch unerwartet scharf auf die Videos, zu scharf, denn eine Selbstaufopferung zugunsten seiner Lieben schien zu drohen und würde somit keine brauchbaren Ergebnisse liefern. Cory könnte ihm psychisch entschlüpfen, denn er hatte begriffen, dass sein Abtreten die Bedrohung seiner Lieben aufheben würde.

Die Situation war verstrickt. Auf der einen Seite ein Mann mit einem seltsamen Todeswunsch, auf der anderen Seite das Team um Paul, das ihn brauchte, um ihre Mission zu erfüllen. Das einzig Gemeinsame war die unausgesprochene Bedrohung gegen Corys Lieben, die aber ins Leere zielte, wenn er tot wäre. Paul hatte nämlich keinen unbedingten Drang, diesen Frauen Schaden zuzufügen, wenn es ihm keinen Vorteil brachte. Es musste eine andere Strategie her. Eine, die Corys Wunsch nach würdigem Abgang und Sicherheit für seine Angehörigen mit Pauls eigenem Auftrag in Einklang bringen konnte. Nach wie vor glaubte dieser fest, dass Cory für ihn entscheidende Informationen liefern konnte.

Orlando, 21. April/02:30

Cory lag die ganze Nacht wach auf seiner Pritsche. Pausenlos testete er sein Gehirn auf Erinnerungen, Namen und Ereignisse aller Epochen seines Lebens, als müsste er in einem Selbstversuch seinen Geisteszustand analysieren. Er hoffte insgeheim auf deutliche Anzeichen einer jetzt sofort und permanent eintretenden Schwäche seiner grauen Zellen, um sich aus seiner elenden Befindlichkeit wie auch seiner Verantwortung herausstehlen zu können. Je länger er dort lag, desto klarer wurde ihm jedoch, dass dies nicht wunschgemäss eintreten würde. Er musste abschalten können, es waren immer die Momente nach langen Ruhephasen, wo seine Gehirnschwäche sich manifestierte. Nur war es ihm momentan unmöglich, einfach so abzuschalten oder einzuschlafen. Seine Gedanken rasten pausenlos umher und das widerstrebte ihm, deshalb begann er neue Pläne zu schmieden. Pläne, wie er eventuell flüchten könnte, um dann mit einer Harley über den Rand eines Canyons ins Nichts zu preschen, wie einst Thelma und Louise. Oder etwas naheliegender, wie er die nächsten Begegnungen mit Paul bestreiten wollte. Einfach schweigen? Oder den schon Dementen mimen? Alles Quatsch, musste er sich eingestehen. Flüchten war illusorisch und er war ein schlechter Schauspieler. Wohl oder übel blieb ihm also wahrscheinlich nur dieses miese Spiel mitzumachen, vor allem um dabei so lange wie möglich seine Frauen von einer Bedrohung fernzuhalten. Jedes Mal, wenn er an sie dachte, überkam ihn eine heilige Wut auf diese Dreckskerle. Die Tür ging auf und riss ihn jäh aus seinen Gedanken. Die Frau trat ein, diesmal ohne Essen und deutete ihm mitzukommen. Als Cory aufstand, fühlte er sich plötzlich hundemüde, er hatte ja keinen Moment geschlafen. Die Neugierde aber überwog. Was hatten sie wohl mit ihm vor?

Sie führte Cory durch einen Gang in einen Aufzug. Dieser brachte sie auf eine Dachterrasse, die jedoch von einer Wand umrahmt war, sodass man lediglich den blauen Himmel sah. Es war unheimlich wohltuend, ein angenehmes Lüftchen und die morgendliche Sonneneinstrahlung zu fühlen. Die Frau wies Cory an einen kleinen Tisch mit vier Stühlen, der obligaten Flasche Wasser und etwas Gebäck.

- Möchtest du einen Kaffee? Paul wird gleich hier sein.
- Gerne.

Sie verschwand durch eine Dachtüre. Ganz alleine auf der Terrasse sinnierte Cory, ob es wohl möglich wäre, über die Wand in den Abgrund zu springen.

- Das bringt kaum etwas.

Es war Paul, der wie aus dem Nichts hinter ihm auftauchte und sich setzte.

- Die Wand nimmt nur die Sicht auf die Umgebung. Gleich hinter ihr ist das Dach etwa zehn Fuss tiefer und ebenso breit, gespickt mit groben Steinen. Du würdest dir nur eine blutige Nase holen, vielleicht noch ein Bein brechen, aber kaum viel weiterkommen.

Cory verzog keine Miene und Paul fuhr in normalem Ton weiter:

- Mein Name ist übrigens Paul, das weisst du wahrscheinlich schon, der Name deiner Gastgeberin ist Nancy und dies hier ist Rahul.

Paul zeigte auf den Bodyguard, den Cory neben der Türe ausmachen konnte.

- Wir haben uns nach deinen Ausführungen natürlich einige Gedanken gemacht. Lass mich sie dir erläutern. Erstes Szenario: Wir glauben deine Geschichten nicht und werden alle unsere Mittel ausnutzen, um die erforderlichen Informationen aus dir heraus zu kitzeln. Da haben wir genügend Erfahrung, sie wären jedoch für alle Beteiligten ziemlich unangenehm.

Er machte eine kleine Pause, um Cory Zeit zu geben, dies zu verdauen. Dieser verzog keine Miene, obschon die Message innerlich seine Wut noch beträchtlich anfeuerte.

Somit fuhr Paul fort:

- Zweites Szenario: Wir glauben dir und nehmen an, dass deine eventuelle Kooperation für uns von grossem Nutzen sein kann. Das mag dich zwar erstaunen, es ist aber so. Es könnte auch von Vorteil für deine Angehörigen sein.

Erneut suchte Paul eine Regung in Corys Gesicht, dieses blieb aber wie eingefroren, die Augen auf die Wasserflasche fixiert.

- Wir haben uns für die zweite Variante entschieden, denn wir glauben, damit eine gewisse Win-Win-Situation herstellen zu können. Wie ich feststelle, hast du dich für ein geistiges Mauern entschieden. Ich nehme jedoch an, dass du aktuell immer noch in vollem Besitze deiner geistigen Kräfte bist. Also werde ich dir unsere Sicht der Situation und des Weiteren Vorgehens einmal darstellen. Wir werden dabei die ganze Sachlage auslegen, einige Details unterliegen zwar auch hier unserer Schweigepflicht. Wir möchten, dass du dir ein eigenes Bild machen kannst, um dann entscheiden zu können, inwiefern du kooperieren willst.

Paul nippte an seinem Kaffee. Nach einer kurzen Pause begann Paul leise:

- Wir sind eine kleine, spezielle Organisation, eingebettet im FBI. Das FBI verfolgt schon seit Längerem eine Spur einer internationalen Organisation, die Organhandel betreibt. Leider

scheinen gewisse Verflechtungen bis weit in die Politik und damit auch in unser FBI zu reichen. Das erschwert die Ermittlungen erheblich. Deshalb wurden wir eingeschaltet, sozusagen um undercover im eigenen Stall ausmisten zu können.
- Wenn ich Politik sage, so meine ich damit auch UNO und WHO, deren Infrastruktur und Netze kriminell ausgenutzt werden, da sie weltweit ziemliche Narrenfreiheit im Transport und Zollwesen geniessen. Grob gesagt werden in Drittweltländern Organe skrupellos beschafft und in reichen Ländern teuer verkauft, vorbei an den legalen Wartelisten. Dabei stechen die USA, Indien und auch die Schweiz unangenehm heraus.

Cory hörte aufmerksam zu. Was er gerade gehört hatte, löste in ihm fast so etwas wie panisches Entsetzen aus. Die Stichwörter „Organisation", „UNO", „USA" und „Schweiz" musste er zwangsläufig mit Gastner und Maria in Zusammenhang bringen. Gastner war ja früher bei der UNICEF, vor allem in Indien, und Maria arbeitete früher auch für die UNO, dann für die O. oder was auch immer dies war. Das schockierte ihn. Sicher nicht unbedingt von Gastner, aber dass Maria tatsächlich in eine solche Sauerei verwickelt war, enttäuschte ihn zutiefst. Sie war ein Berufskiller, das wusste er, ihre Meinungen und Aussagen zur Dritten Welt und den Unterprivilegierten hatten Cory jedoch eingelullt zu glauben, sie würde nur die Bösen erledigen. Organhandel passte so gar nicht dazu. Aber eben, Cory musste sich erneut seine riesige Naivität vorwerfen. Killer haben schlichtweg keine Moral. Da fuhr Paul schon fort:

- Wir haben gewisse Verbindungen und auch Routen verfolgen können, stossen aber auf viel Verschwiegenheit und Verweise auf diplomatische Immunität, die unsere Ermittlungen erschweren. Im Laufe dieser stiessen wir dann auch auf den Anwalt Gastner sowie auf Marian.
- Und Tomaso, nehme ich an.
- Nein, Tomaso war einer von uns. Das erklärt wahrscheinlich eine gewisse schlechte Laune bei einigen meiner Mitarbeiter.

Das war für Cory nun ein Hammer. Er wusste schliesslich, dass Maria Tom auf dem Gewissen hatte, jetzt deutete dies auf einen viel gezielteren Mord hin, als er angenommen hatte.

– Wenn wir schon dabei sind: Die Leiche in deinem Hotelzimmer war auch einer unserer Agenten. Wir beobachteten euch schon eine ganze Weile, und er wollte das Zimmer filzen, als du joggen gingst, da explodierte die Bombe ferngezündet durch ein Handy. Es war sehr professionell angelegt, die reguläre Polizei konnte lediglich einen Unfall mit Gas feststellen. Wie du unschwer annehmen kannst, war diese Bombe höchstwahrscheinlich für dich bestimmt, falls nicht etwa du selbst sie für uns gelegt hast. Aber dann wärst du vermutlich abgehauen. Du bist uns effektiv immer noch ein grosses Rätsel. Übrigens führen Spuren in deinem Zimmer zu diesem Organhandel. Für meinen Geschmack waren sie etwas zu offensichtlich gepflanzt, jedoch ohne uns weiter zu helfen. Alles sehr geschickt gemacht, und da du wahrscheinlich das eigentliche Ziel des Anschlags warst, nehmen wir an, dass sie von Marian stammen, die uns bei der grossen Konfusion leider durch die Lappen ging.

Das war zu viel für Cory. Er stand auf und begann herumzuirren. Deshalb also wollte Maria, dass Cory als Ablenkung früher aus dem Zimmer ging, so konnte sie die Gasexplosion vorbereiten. Er selbst wollte ja sterben, das konnte er ihr nicht vorwerfen, ihm jedoch noch Verbindungen zu ihrer eigenen Saubude unterzujubeln, machte ihn gewaltig sauer. Nach kurzer Zeit setzte er sich wieder hin, denn was brachte die ganze Aufregung überhaupt? Er galt als tot, war dabei lebendig gefangen und begann zu realisieren, dass er ein Spielball gewesen war in einem Spiel, das für ihn eine gigantische Schuhnummer zu gross war. Lange blieb es still um den Tisch. Schliesslich erhob sich Paul und ging zurück ins Gebäude, derweil Rahul stur an seinem Überwachungsposten blieb und Cory unablässig beobachtete. Nancy setzte sich dagegen nach einigen Augenblicken an den Tisch und schaute Cory in die Augen. In ruhigem und fast freundlichem Ton sagte sie:

- Ich glaube, inzwischen sieht auch Paul ein, dass du nichts mit diesen schrecklichen Aktivitäten zu tun hast.

Cory schaute zurück, er war nicht sonderlich beeindruckt von ihrem freundlichen Ton. Er wusste zu genau, dass die Good-Cop-, Bad-Cop-Situation andauerte. Nancy fuhr fort:

- Aber du wirst auch langsam begriffen haben, Spielball einer riesigen kriminellen Organisation geworden zu sein. Du warst mit deinem Auftrag für sie ja ein Geschenk des Himmels. Ein Schweizer mit regelmässigen Reisen und Aufenthalt in Florida. Sie konnten perfekt eine falsche Fährte zu dir als Sündenbock aufbauen, dabei auch noch etwas Geld machen, nur um dich dann elegant und gefahrlos zu entsorgen. Wie es aber scheint, hast du ihnen mit deiner, entschuldige den Ausdruck, unberechenbaren Tollpatschigkeit einen oder zwei Striche durch die Rechnung gemacht. Uns übrigens auch. Dabei musst du Rahul entschuldigen, er glaubt nicht, dass du tollpatschig und unschuldig bist. Seine Schwester in Indien wurde Opfer dieser Unmenschen. Man hat sie überschwatzt eine Niere zu einem Spottpreis zu verkaufen. Sie liessen sie dann nach einem schludrig ausgeführten Eingriff einfach schwer behindert zurück. Er ist darauf unserer Organisation beigetreten.

Da meldete sich Cory zum ersten Mal seit Langem in barschem Ton:

- Er wäre gescheiter in Indien geblieben, um die Menschen dort aufzuklären, solchem Mist nicht auf den Leim zu gehen. Das wäre einiges sinnvoller, anstatt hier den schweigenden Rächer zu spielen.

Mit hochrotem Kopf schrie ihn Rahul unvermittelt an:

- Du Schwein, du hast keine Ahnung vom Elend in Indien und der konstanten Ausbeutung durch den Westen. Jetzt wollt ihr auch noch unsere Organe, um euren dekadenten Lebensstil weiter auf Kosten anderer zu zelebrieren.
- Da bin ich mit dir einverstanden, glaub mir. Aber eure explosive Überbevölkerung und die daraus resultierende Armut ist der Hauptgrund, der die Leute in die Arme dieser Kriminellen treibt. Niemand hat euch gezwungen, sich wie Karnickel zu vermehren und dann nach westlichem Futter und Medizin zu schreien. Und wenn's nicht reicht, zu solch drastischen Mitteln zu greifen. Persönlich vor Ort anzufangen, beispielsweise mit Aufklärung der Bevölkerung wäre die sinnvollste Aufgabe für dich. Und wenn ich schon dabei bin, dasselbe gilt auch für die Bekämpfung der kulturell praktisch geschützten Gruppenvergewaltigungen von jungen Frauen.

Cory konnte sich diesen letzten Satz nicht verklemmen. Er wusste über dessen populistisch-provokativem Potenzial, aber Rahul ging ihm ziemlich auf den Keks mit seiner plakativen Opferrolle. Zudem war ihm langsam alles egal, die Situation widerte ihn richtig an. Die Reaktion liess natürlich nicht auf sich warten. Rahul stürzte sich wie ein Bulle auf Cory und nahm ihm beim Kragen. Er war bärenstark und ausser sich vor Wut.

- Rahul! Stopp!

Nancy deutete Rahul mit einer barschen Geste, Cory loszulassen. Sie sagte in stählernem Ton:

- Das bringt gar nichts. Zu deiner Information Cory, Rahul hat bei der Gasexplosion übrigens einen guten Freund verloren. Jetzt schnallst du vielleicht, warum er dir am liebsten selbst zu deinem Auftrag verhelfen würde. Vielleicht nicht unbedingt in erwünschter Kürze und dabei nicht ganz schmerzlos.

Da war sie wieder, die unverhohlene Drohung mit Folter. Cory realisierte, dass dies ihr letztes Mittel zu sein schien, ihn zu einer Mithilfe zu bewegen. Wobei, da war doch noch etwas anderes, oder? Etwas beklommen suchte er nach diesem anderen, das unterschwellig aber momentan nicht abrufbar in seinem Kurzzeitgedächtnis herumgeisterte. Scheisse, dachte er, und konnte plötzlich die Nonchalance, die er für sein Schicksal aufgebaut hatte, nicht mehr aufrechterhalten. Verfluchtes Gehirn, dachte er, kannst du nicht einmal mehr eins und eins zusammenzählen und dann behalten! Er versuchte sich zu konzentrieren, denn er wollte trotz aller Hiobsbotschaften, die ihn gerade erreicht hatten, Herr der Lage bleiben. Cory war sich inzwischen durchaus im Klaren, dass er nicht nur von der O. entsorgt worden wäre, sondern dass dies auch seine jetzigen Gastgeber im Sinne hatten, sobald er nicht mehr von Nutzen war. Ihm konnte dies eigentlich recht sein, er wollte ja weg, aber für Renée und Sandra musste er noch vorsorgen. Ah ja genau, da war es wieder, freute sich Cory. Das war das „andere", der Trumpf, den das FBI noch im Ärmel hatte. Er beschloss nun, dass dies das Einzige und Wichtigste bleiben sollte, auf das er hinarbeiten wollte.

- Hallo? Bist du noch unter uns, Cory? Oder beginnst du nun, den Weggetretenen zu mimen?

Nancy hatte erkannt, dass die freundschaftliche Masche schlecht anschlug und begann deshalb erneut subtil zu drohen, untermalt mit einem Schuss distanziertem Sarkasmus.

- Kann ich mit Paul sprechen?
- Warum Cory? Hast du ein Problem mit Frauen?

Cory war schlau und immer noch präsent genug, um Nancys Absicht zu durchschauen, nämlich ihn langsam zu provozieren. Er sollte die Beherrschung verlieren, nur so glaubte sie, an ihn heranzukommen.

– Nun ja, bei hübschen Frauen verliere ich oft etwas die Kontrolle, ich bin ja nur ein Mann. Bei dir kann ich die Fassung jedoch recht gut bewahren.

Nancy, die sehr genau wusste, wie attraktiv sie war, empfand diese versteckte Beleidigung durchaus, man sah ihr dies aber nicht an. Corys plötzlich versteifte Haltung führte jedoch zu einem abrupten Abbruch der Konversation. Sie verliess den Tisch und Cory wurde von Rahul in sein Zimmer zurückgebracht, begleitet von einem schmerzvollen Rempler. Man liess ihn dort erneut lange schmoren.

Zürich, 23. April/15:30

– Konrad ist noch am Leben und wie es scheint in der Hand des FBI. Ihr Plan ist böse schiefgelaufen. Das ist das zweite Mal innerhalb kurzer Zeit, sie scheinen nicht mehr in der Lage zu sein, ihren Aufgaben nachzukommen.
– Es ist mir unerklärlich. Ein Fiasko, ich weiss. Cory ist ein extrem komischer Kauz, den ich völlig falsch eingeschätzt habe. Dies soll keine Entschuldigung sein, ich werde es auch wieder in Ordnung bringen.
– Und wie, bitte?
– Durch seine Tochter. Er hängt stark an ihr, trotz kargen Kontakt. Durch sie bekomme ich ihn in meine Hand, da bin ich sicher.
– Auf keinen Fall. Wir sind überzeugt, dass sowohl Sie wie auch seine beiden Ex-Frauen unter strenger Beobachtung stehen. Das FBI wird sich ihren Plan auch ausgerechnet haben und hofft vielleicht durch eine weitere Unachtsamkeit näher an uns zu gelangen. Nein, die drei Frauen sind absolut tabu, ist das klar? Sie gehen auf Tauchstation, wo auch immer, und kommen erst aus der Versenkung, wenn wir dies anfordern. Und nur so nebenbei: keine Einzelaktion, absolut keine. Wir fahren diese Schiene komplett runter, basta. Habe ich mich klar genug ausgedrückt?

Maria hatte verstanden. Gastner war eiskalt, sie wusste, dass sie knapp einer Beseitigung entgangen war. Wohl oder übel musste sie ihr Schicksal akzeptieren und war dabei nicht einmal sicher, ob sie eventuell nicht doch noch abserviert würde. Sie kam nicht umhin, immer wieder an Cory zu denken. Er musste das letzte Jahr unentwegt mit einem imminenten Tod leben, dasselbe würde nun auch für sie gelten. Er hatte sich dies zumindest gewünscht, ganz im Gegensatz zu ihr. Sollte sie vielleicht von jetzt an wie Cory völlig instinktiv und spontan handeln, damit sie ebenso unberechenbar wurde? Ihm schien dies jedenfalls gelungen zu sein, er überlebte damit sogar seinen selbst erstellten Auftrag! Sie war hin und her gerissen zwischen ihrer kleinen Zuneigung für ihn und einer aufkommenden Wut. Es war schliesslich seine Unberechenbarkeit, die sie in Schwierigkeiten gebracht hatte. Dabei schwankte sie zwischen einer leisen Bewunderung für sein Bestreben, seine Frauen beschützen zu wollen, und einer kleinen Eifersucht, da sie selbst nie jemanden erleben durfte, der sich so um sie gekümmert hatte. Das ganze Thema war für sie noch nicht abgeschlossen.

Orlando, 24. April 08:00

Cory hatte inzwischen mehrmals versucht, mittels lauten Rufens oder Klopfens aus seiner Isolation im Zimmer Kontakt mit Paul aufzunehmen. Die Informationen, die er erhalten hatte, machten ihm zu schaffen. Er war umgeschwenkt und inzwischen bereit, alles in seiner Macht zu tun, um diesen Unmenschen das Handwerk zu legen und dabei auch noch seine Frauen zu schützen. Er bekam im Moment jedoch lediglich schweigend sein Essen von Rahul serviert, immer begleitet mit einem bedrohlichen Blick. Deshalb begann Cory einfach gegen die Wand und der sicherlich irgendwo angebrachten Wanze zu sprechen. Er fühlte sich recht gut und schien momentan nicht verwirrt zu sein, ausser vielleicht kurz nach dem Aufwachen, da musste er sich immer wieder neu einordnen. Die öde Routine half ihm dabei, aber sie machte ihm auch Angst, denn sind es nicht gerade solche Routinen, die einen Dementen definierten? Sachen, an die er sich orientierte, um noch einigermassen funktionieren zu können?

– OK Leute. Ihr wisst so gut wie ich, dass ich vielleicht nicht mehr sehr viel Zeit habe, um brauchbar zu bleiben. Ja, ich bin bereit, alles in meiner Macht zu tun, um euch zu helfen.

Es schien zu klappen, denn zwei Stunden später tauchte Paul auf.
Während den folgenden und langwierigen Befragungen war Cory immer wieder überrascht über das Vorgehen von Paul, Nancy sowie drei weiteren Männern. Sie leiteten ihn durch alle möglichen Winkel seiner Erinnerungen auf scheinbar völlig unwichtigen Details herumreitend oder manche Sachen, die er als entscheidend betrachtete, einfach ignorierend. Das Ganze dauerte drei Tage und Cory war am Ende vollkommen erschöpft und genoss auf der Terrasse die Pausen, die man einschlug. Unter dem Stress hatte sein Gehirn tadellos funktioniert. Zwischen

den Fragen schweiften seine Gedanken aber dauernd weg zu seinem Hauptproblem, nämlich, wie sich die Bedrohungslage für seine Frauen entwickeln würde. Obschon sich die Beziehung mit den Ermittlern wesentlich verbessert hatte, ging niemand darauf ein. Jetzt, bei einem kühlen Bier, griff Paul das Thema plötzlich auf.

– Wir scheinen das Potenzial deiner Ausführungen ausgeschöpft zu haben. Ich weiss natürlich, wo dich der Schuh drückt. In dieser Hinsicht kann ich dich insofern beruhigen, da wir kein Interesse mehr an deinen Bekannten haben, da du voll kooperiert hast. Sie bringen uns nichts. Wir haben durch unsere Kontakte auch festgestellt, dass die Gegenseite genauso wenig unternimmt, da sie vermuten, dass wir alles beobachten, und sie sich unter keinen Umständen exponieren wollen.

Gespannt wartete Cory das Ende von Pauls Kunstpause ab. Er ahnte, dass sich etwas Entscheidendes anbahnte.

– Da sie aber ziemlich sicher vermuten, dass du in unserer Hand bist, könnten sie sich jederzeit umbesinnen, wenn sie es als strategisch risikolos ansehen. Vielleicht, um irgendjemanden zu erpressen.

Corys Stimmung verfinsterte sich schlagartig. Alles Scheisse, dachte er, erneut fuhr ihm ein, wie kontraproduktiv sich sein ganzes Zauberlehrlingsstück entpuppt hatte.

– Dann hat es sich mindestens für euch gelohnt. Wobei ich wenigstens froh bin, mithelfen zu können, so einen Saustall auszuheben.
– Tatsächlich. Wir konnten einige Protagonisten durch deine Angaben lokalisieren. Beispielsweise mittels Quittungen, Serien- und Telefonnummern der Handys aus dem Sears oder durch Spuren in dem Lager. Was Marian angeht, sind

wir uns einigermassen sicher, dass sie kaltgestellt wurde. Sie ist jedenfalls untergetaucht.
- Danke für die Info. Das zeigt mir aber leider, dass ihr mich auch entsorgen werdet, sonst würdet ihr mir nicht all dies erzählen. Na ja, ist eigentlich gut so für alle.

Paul stand auf, machte eine lange Pause. Er öffnete ihnen ein zweites Bier. Lange schaute er in Corys Gesicht.

- Cory, in diesen letzten Tagen habe ich dich näher kennengelernt und darf behaupten, eine gewisse Sympathie für dich entwickelt zu haben. Dies gilt übrigens auch für Nancy sowie sogar ein klein bisschen für Rahul. Er mag es einfach nicht zu zeigen. Wir glauben dir und fühlen bis zu einem gewissen Grad für dich.

Erneut legte er eine längere Pause ein.

- Wir werden dich nicht entsorgen. Schau, du giltst als verstorben, deine Dokumente sind verbrannt. Die Kreditkarten sind gesperrt, dein Vermögen schon im Nachlass. Du existierst ohne Identität oder Geld. Du wolltest ursprünglich nur noch Fun haben und dann plötzlich und schmerzlos in die ewigen Jagdgründe gesandt werden. Das kannst du immer noch. Wir werden dir eine neue Identität geben sowie genug Geld, das wir von deinem US-Konto ganz legal für unsere Spesen abgezweigt haben. Wir geben dir eine neue Kreditkarte sowie einen Führerschein und eine *Social Security Card*. Einen Reisepass gibt es nicht, somit bist du auf die USA limitiert.

Paul nahm einen Schluck Bier, dann fuhr er weiter.

- Danach können wir dich freilassen, unter der Auflage, dass du in keiner Weise irgendetwas tust oder verlauten lässt, was diese ganze Sache angeht. Es würde sowieso nichts ausmachen, niemand würde dir irgendetwas glauben. Wir bestehen

aber auf einer Vereinbarung und du wirst logischerweise auch ein wenig überwacht bleiben. Das wäre gut genug, um das Leben unter dem Radar noch ein wenig zu geniessen, oder?
- Was wäre die Alternative?
- Nun, entweder entsorgen wir dich schnell und definitiv. Oder wir schmeissen dich in ein Spital in der Nähe des Motels, gesegnet mit einigen schmerzvollen Beulen und angesengter Haut. Du wirst ihrem Bericht nach gerade aus dem Koma erwacht sein und die Polizei wird informiert. Die werden dir deine Geschichten wohl kaum abnehmen und dich nach ellenlangen Befragungen entweder ins Kittchen oder in eine Klapsmühle stecken, bestenfalls vielleicht der Schweizer Botschaft übergeben. Da kannst du neue Dokumente holen, nur um dezidiert und unhöflich gebeten zu werden, nach Hause zu verschwinden. Dort wirst du allerseits grossen Erklärungsbedarf haben und aus naheliegenden Gründen ins Visier der O. kommen, genauso wie auch alle, die du eigentlich aus deinem gefährlichen Schlamassel raushalten wolltest. Bleiben würde auch ein versuchter Versicherungsbetrug.
- Dann muss ich wohl oder übel euer erstes Angebot annehmen.

Sie schwiegen für die nächsten paar Minuten. Cory versuchte, seine Gedanken zu ordnen. Er empfand plötzlich wieder das dumpfe Gefühl, nicht mehr alles richtig erfasst zu haben, etwas vergessen zu haben. Unsicherheit machte sich breit. Er stand auf und schaute umher, als ob er sich orientieren müsste. Freiheit hörte sich gut an, aber was sollte er damit anfangen, wohin konnte er gehen? Cory realisierte, dass er nichts gewonnen hatte, seinen Auftrag verloren und einfach einsam und ziellos geworden war. Dieser Gedanke war schier unerträglich und Paul schien dies zu erfassen, aber auch er konnte nicht viel mehr tun.

Cory suchte, so gut es ging, sich zu sammeln. Er hasste seinen Zustand, wollte aber weiter am Ball bleiben.

- Wisst ihr eigentlich, wo Maria untergetaucht ist?

- Nein, aber sie ist höchstwahrscheinlich noch in den USA. Wieso willst du das wissen? Möchtest du sie treffen? Das wäre keine so gute Idee. Sie würde wahrscheinlich sofort erneut versuchen, dich umzubringen und dies als Rehabilitation der O. melden.
- Vielleicht ist es ja gerade das, was ich will!

Paul konnte ein verschmitztes Lächeln nicht unterlassen. Auch Cory lenkte mit einem Lachen ein. Es lockerte die angespannte Stimmung etwas. Nancy stand auf und meinte, dies gehe ihr jetzt zu weit, sie könne nichts mehr beitragen und wünsche Cory alles Gute, dann verliess sie die Terrasse. Sie war nie sehr emphatisch gewesen und Cory wunderte sich kaum darüber. Rahul folgte der Frau wortlos, wie immer.

- Habt ihr einmal überlegt gehabt, ob Maria nicht sehr wertvoll wäre, wenn sie ein Zeugenschutzprogramm zugesichert bekäme?
- Das haben wir vorgeschlagen, aber es wurde abgelehnt. Sie scheint nur für Liquidationen zuständig gewesen zu sein, mit keiner operativen Aufgabe im Kernbereich. Deshalb soll sie anscheinend nicht genug wertvolle Informationen besitzen, um dies zu rechtfertigen.
- Verstehe. Ich weiss nicht, ob ihr dies nachvollziehen könnt. So verwerflich ihr Tun war, sie hatte grundsätzlich eine soziale Einstellung, und wir hatten so etwas wie ein gutes Verständnis, glaubte ich zumindest, bis sie mich erledigen wollte.
- Sie ist eine kalte Killerin und nichts mehr, glaub mir. Versuche, alles Vergangene abzustreifen und geniesse den Rest deines Lebens, das ist mein gut gemeinter Rat.

Cory erhielt die Dokumente auf den Namen Stephen Baker aus Tacoma in Washington. Ein Allerweltskaff mit grossem Hafen unterhalb Seattles. Sehr unauffällig, dachte er sich. Dann unterzeichnete er eine Vereinbarung strengsten Stillschweigens über die letzten sechs Wochen. Man gab ihm noch die Summe an, über die er verfügen konnte. Zudem erhielt er ein Handy mit einer gespeicherten Nummer, die er unbedingt in einem Monat anrufen sollte, warum, sagten sie ihm nicht. Paul liess ihn gleichzeitig unmissverständlich wissen, dass er lose beobachtet werde und tunlichst nichts unternehmen solle, was irgendein Licht auf das Vergangene richte, er wisse ziemlich genau, was dies beinhalte. Cory erhielt einen Rucksack, gefüllt mit ein paar Kleidern und einem Necessaire, dann verband man ihm die Augen und er wurde per Lift, Garage und Auto vor den *Universal Studios* mit besten Wünschen ziemlich abrupt ausgesetzt.

Southwest Airlines 1745/26. April

– Bitte wachen Sie auf, Sir. Wir landen in ein paar Minuten in San Diego.

Die sanfte Berührung der Hostess weckte Cory aus dem Tiefschlaf. Er war völlig desorientiert, hatte keine Ahnung, wo er war und warum er in einem Flugzeug sass. Panik erfasste ihn und er konnte sich knapp noch zusammennehmen, um nicht aus seinem Sessel zu fahren. Auf dem Inflight-Entertainment-System stellte er fest, dass er in einem Southwest-Flugzeug nach San Diego sass. Was zum Geier wollte er in San Diego? Cory versuchte sich zu konzentrieren. Zumindest klappte das innerliche Fluchen über sein Gehirn, und er redete sich ein, dass es um dieses noch nicht allzu schlimm bestellt sein konnte, solange er noch wenigstens realisierte, dass es schlecht funktionierte. Er versuchte kleine Bruchstücke aus seinen Erinnerungen wie ein Puzzle zusammenzusetzen. Vor seinem geistigen Auge sah er Marian, die am Packen war, Renée, die von einem Golfcart wegrannte, Sandra, die am Weinen war und sich selbst, der nicht aus einem Zimmer herausfand. Es machte alles wenig Sinn. Wie in Trance verliess er mit den anderen Passagieren das Flugzeug und stand dann lange planlos ausserhalb des Terminals. Niemand kümmerte sich um ihn, und er hatte Gefühl, wie völlig verirrt in einem dunklen, fremden Wald nach Orientierung zu suchen. Es war aber sonnig und angenehm warm, als ein Gepäckhelfer ihn ansprach.

– Wenn Sie auf jemanden warten, Sir, hier kann niemand anhalten, ausser Taxis zum Abladen. Zum Einsteigen müssten Sie weiter nach rechts.
– Ehhh, vielen Dank

Taxi, ok, das schien vernünftig, schliesslich wollte man ja einen Flughafen meistens verlassen und es schien ihn niemand abzuholen. Cory stieg ins nächste Taxi und bat den Fahrer, ihn in eine angenehme Sportbar zu bringen, wo auch ein einfaches Motel in der Nähe sei. Er liebte die amerikanischen Sportbars, da war immer etwas los, viele Fernsehschirme übertrugen Sport und neben gutem Bier und Snacks diente dort meistens auch eine attraktive Barkeeperin, mit der man einen belanglosen Schwatz halten konnte. Der Taxifahrer nickte und fuhr los.

Die Spareribs im *Ballast Point* waren nicht schlecht und das *Home Brewed Beer* sogar sehr gut. Nett bedient und gut verpflegt konnte sich Cory wieder an das meiste erinnern. Er musste auf dem fünfstündigen Flug in der dünnen Luft fast in ein Koma entschlafen sein, dass er so verwirrt aufwachte. Es störte ihn aber eigentlich kaum mehr. Früher wäre er fürchterlich wütend auf sich gewesen, jetzt akzeptierte er resignierend die brutale Wirklichkeit seines Gebrechens. Er begann die letzten 24 Stunden zu rekapitulieren.

Orlando, 25. April

Nachdem Cory in Orlando ausgesetzt wurde, ging er als Erstes in ein Outback-Steakhouse ein saftiges *Prime Rib* mit einem kühlen Bier zu geniessen. Was sollte er jetzt mit seiner Zeit anfangen? Es fiel ihm jedoch schwer, brauchbare Pläne zu schmieden, sie schienen alle kaum geschmiedet, sofort ziemlich müssig. Einzig sein Drang, Maria zu suchen, ergab einen gewissen Sinn, denn zwei grosse und beklemmende Fragen standen immer noch im Raum: Wollte Maria ihn mit der Bombe nur umbringen oder hatte sie zusätzlich bewusst noch die Indizien gelegt, die ihn mit der Organhandelbande in Verbindung brachten? Er war sich durchaus bewusst, dass er, falls er Maria suchen ging, direkt gegen die Anweisungen von Paul verstossen würde. Dieser hatte ihm glasklar bedeutet, alles zu unterlassen, das irgendwie auf seine Organisation oder das von ihnen verfolgte Verbrechen schliessen könnte. Es war ihm aber genauso klar, dass sie ihn nur freigelassen und nicht entsorgt hatten, weil sie davon ausgingen, dass er dies trotz allem machen würde. Sie versprachen sich damit sicherlich noch mehr Erkenntnisse. Er war wohl permanent unter Beobachtung und falls er ein Risiko zu werden drohte, würden sie ihn sofort aus dem Verkehr ziehen. Aber das war ihm egal, denn jetzt konnte er akzeptieren, dass sein ursprünglicher Plan auf eine gewisse Weise wieder aktiv war: Plötzlich und unerwartet zu verschwinden, ohne jemandem zu schaden und vorher einfach noch etwas nach seinem Gusto zu leben. Ironischerweise fühlte er sich hier und jetzt zum ersten Mal richtig frei. Niemand, für den er verantwortlich war, niemand, der auf ihn wartete, niemand, dem er Rechenschaft schuldete. Deshalb wollte er jetzt einfach nur noch tun und lassen, wie es ihm beliebte.

Er erinnerte sich an eine Bemerkung von Maria bezüglich ihres Exodus in die USA. Ihre Freundin namens Zoya, so erzählte sie damals beiläufig, ging nach San Diego und heiratete einen Schönheitschirurgen. Cory war bass erstaunt, dass er sich an den Namen erinnerte. Es geschehen noch Wunder, meinte er zynisch. Er empfand es jedoch als kleine Motivation, dieser Spur nachzugehen und damit noch etwas Spannendes mit seinem Leben anzufangen. Deshalb hatte Cory beschlossen, sein bescheidenes Bündel zu packen und San Diego einen Besuch abzustatten.

San Diego/26. April

Knapp 100 Meter von der Sportbar entfernt, befand sich das Motel 6 in Little Italy. Als Cory eingecheckt und gemütlich eingerichtet war, ging er auf dem Bett liegend mit seinem neuen Handy im Internet auf Suche. Er recherchierte überall nach einer „Zoya", gepaart mit „Beauty Clinic". Dem allwissenden Internet sei Dank, erschienen tatsächlich einige Hinweise auf gewisse Zoyas, Zoys, Zoëys in Verbindung mit Beauty-Kliniken. Während den langen Befragungen durch Paul und seinem Team hatte Cory einige Techniken mitbekommen, wie man Informationen für seine Zwecke wirksam filtrieren konnte. Damit gelang es ihm, die Resultate auf deren fünf erfolgversprechende zusammenstutzen. Die wollte er verfolgen und wenn dies nichts erbrachte, egal, er liess dies offen, für wenn es dann eintreffen würde. Er hatte ja Zeit und begann wirklich ein wenig Spass an dieser Mission zu finden. Bevor er schlafen ging, suchte er im Netz noch nach einem nahegelegenen *Harley Dealer*. Wenn nicht jetzt, wann soll ich mir diesen Traum überhaupt noch erfüllen, dachte er sich fast schon etwas fröhlich gestimmt und legte sich aufs Ohr.

Nach einer richtig angenehmen Nacht und gut ausgeschlafen brauchte Cory erneut ein paar Minuten, um sich zu orientieren. Zu Fuss ging darauf in ein nahegelegenes IHOP, um zum Frühstück einige seiner heissgeliebten Pancakes zu verdrücken. Danach bestieg er einen lokalen Bus, der ihn in die Nähe des *Harley Dealers* brachte. Auf dessen Gelände waren viele schöne *Street Glides* und *Fatboys* ausgestellt, aber sein Auge fiel sehr schnell auf eine gebrauchte *Sportster* mit zwei schönen, ledernen Seitentaschen und einem mittelhohen Lenker. Klar wurde sie in den USA eher als *Ladybike* betrachtet, das war ihm aber egal, und er wollte sie sofort kaufen. Das war nicht schwierig, nach kurzer Zeit schon war der Kauf sowie die Versicherung per Kreditkarte abgeschlossen. Paul und sein Team hatten ganze Arbeit geleistet, denn Corys Kreditwürdigkeit war gut aufgesetzt. Den Rest des Morgens verbrachte Cory genussvoll auf seiner neuen *Sportster*. Die Spritzfahrt diente ihm zur allgemeinen Orientierung, denn Cory kannte San Diego nicht. Amerikanische Städte sind jedoch meist einfach aufgebaut und mittels GoogleMaps hatte er innerhalb kurzer Zeit eine gute Übersicht.

Nach einer Pizza an einem Pier auf North Island begann Cory mit dem Abklappern seiner Spuren. Die erste Spur war schnell abgehakt. Bei der *Zoyas Beauty and Health Clinic in Logan Heights* fand er die Besitzerin bei der Arbeit. Sie war eine sympathische, etwas füllige Dame in ihren späten Zwanzigern und damit sicherlich zu jung. Die zweite Klinik in Chula Vista war etwas schmuddelig. Die Sekretärin eröffnete Cory, dass die frühere Besitzerin namens Zoë Chaffe schon seit geraumer Zeit die Klinik verkauft hatte, der Name wurde aber übernommen. Wo Mrs. Chaffe heute sei, wisse sie nicht, sie wisse nur, dass sie geschieden und ihr Ex irgendwo in Baltimore sei. Cory notierte dies in sein Handy, denn er traute seinen grauen Zellen nicht mehr. Diese Spur schrieb er nicht ab, und er würde ihr zu einem späteren Zeitpunkt nachgehen. Für heute hatte er genug, er fuhr zurück zum Motel und begab sich dann in die Sportbar, wo er hoffte, von der quirligen Bridget an der Bar bedient zu werden. Sie war eine eifrige Trumpanhängerin mit all den belanglosen Argumenten.

– Er macht wenigstens etwas für die USA, mit ihm waren wir endlich wieder respektiert und gefürchtet in dieser Welt, zudem steht er ein für die wichtigen Sachen wie Waffenbesitz und Grenzkontrolle gegen Verbrecher und Terroristen.
– Dagegen kann man kaum etwas einwenden …

meinte Cory wohlwissend ob der Müssigkeit solche Einstellungen mit reellen Argumenten ändern zu wollen. Trump hatte vor seiner Präsidentschaft einmal gesagt: „Gib ihnen Gewehre und einen gemeinsamen Feind, dann kaufen sie deine Ware, stimmen für dich und erlauben dir, weit weg von diesen Idioten ein feudales Leben zu führen."

Für den nächsten Morgen hatte Cory freudig eine schöne Fahrt vorbereitet. Sie führte über die *Proctor Valley Road* am *National Wildlife Refuge* vorbei zum *Jamul Casino*. Auf deren Terrasse verdrückte er einen fettigen Hamburger und fuhr dann gemütlich weiter nach Spring Valley. Anschliessend besuchte er die dort ansässige Beauty-Fortress-Klinik. Der geschäftige, weiss gekleidete junge Mann am Empfang wies ihn in Sachen Mrs. Zoya an das *Administrations Office*. Dort empfing ihn eine nette Dame japanischer Herkunft, die früher Zoë Kagava hiess. Mit viel Charme entschuldigte und bedankte er sich, denn auch diese Spur erübrigte sich damit. Die nächste Etappe führte ihn nach Mission Valley. Schon bei der Anfahrt präsentierte sich diese Klinik bombastisch. Das einstöckige Gebäude im spanischen Stil lag am Ende einer üppigen Palmenallee und alles roch förmlich nach viel Geld. Auch der pompöse Empfang unterstrich dies. Alles war in glänzendem Weiss gehalten, übersät mit USM-Design-Möbel, dazu drei stilvolle Bilder angeblich von modernen US-Künstlern. Was aber Corys ganze Aufmerksamkeit auf sich zog, war die über dem Pult der Sekretärin aufgemachte schwarze Yamaha SG 2000.

Darunter stand, sie habe Carlos Santana gehört.

– Was kann ich für sie tun?

Cory konnte seinen Blick fast nicht von der Gitarre nehmen, er drehte sich zur Sekretärin.

– Entschuldigen Sie, das ist ja ein Hammerstück!
– Ja, aus dem Jahre 1978, von einem Live-Konzert hier in San Diego.
– Super. Hat Mr. McAintree sie erstanden?
– Ja, seine Lieblingsgeschichte ...

Wenn es eine „Geschichte" über ein rares Stück gibt, so muss der Erzähler oft etwas schönreden. Diese Gitarre erschien Cory, einem riesigen Fan von Carlos, jedoch etwas zu poliert, und Carlos war nicht dafür bekannt, seine Stücke einfach so zu verscherbeln. Cory gewann den Eindruck, dass in dieser protzigen Umgebung ziemlich viel auf- und zurechtgeschnitten wurde.

- Ehhm, ja. Ich möchte gerne Mrs. Zoya sehen.
- Sie ist nicht da. Wenn es um einen Termin geht, so muss ich sie auf nächsten Monat vertrösten, und sie müssten sich online durch ihren Spezialisten anmelden. Über die Gasse geht hier nichts.
- Nein, es ist etwas Persönliches.

Die Sekretärin schaute ihn herablassend an und meinte:

- Da kann ich Ihnen nicht helfen, auch das machen wir hier nicht. Die McAintrees pflegen äusserste Diskretion, was ihr Privatleben angeht. Sie können höchstens Ihre Karte hierlassen und jemand wird sich melden.

Oder höchstwahrscheinlich nicht, dachte Cory, denn sie zeigte auf einen schönen Glaskrug, wo schon viele verwaiste Visitenkarten drin waren. Wahrscheinlich hauptsächlich von lästigen Vertretern.

- Ich verstehe. Vielen Dank und auf Wiedersehen.
- Wie war noch ihr Name, Sir?
- Stephen Baker.

Cory musste erkennen, dass er hier kaum weiterkommen würde. Falls diese Zoya tatsächlich die Kollegin von Maria war, so hatte sie sich sehr weit hinaufgearbeitet und sicher kein Interesse, mit einem Fremden über ihrer Vergangenheit zu schwatzen. Zudem bestand durchaus die Möglichkeit, dass in Anbetracht des offensichtlichen Reichtums und der Branchenverwandtschaft eine Verbindung zum ominösen Organhandel existierte. Cory könnte in ein Wespennest stechen, falls er weiter bohren würde. Er habe ja in dieser Hinsicht ein tollpatschiges Talent, sagte man ihm nach. Was sollte er jetzt machen? Er war unschlüssig und hatte Lust auf ein Bier. Aber sein Instinkt sagte ihm, dass er Maria näher auf die Spur gekommen war. Deshalb schaute er sich um und merkte sich die fünf Autos, die vor dem Gebäude geparkt waren. Der billige Chevy musste der Sekretärin gehören, der beschriftete Pick-up einem Handwerker oder Lieferanten. Da blieben ein Lexus, ein Tesla und ein Cinquecento. Cory schätzte, dass der Lexus, ein Auto für ältere Semester, einem Kunden gehörte und der teure Tesla dem Mr. Schönheitschirurgen persönlich. Wenn Zoya entgegen der Aussage der Sekretärin trotzdem da war, so würde sie fast sicher mit dem trendigen Cinquecento herumfahren. Cory sagte sich, dass er ja nichts verlieren würde, wenn er die Situation ein wenig beobachtete, es war schliesslich fast vier Uhr an einem Freitag, also Wochenendbeginn. Er fuhr mit der Harley die Allee hinauf bis zur Hauptstrasse und parkte bei einem Dennys, holte sich einen Kaffee, dann setzte er sich auf einen Tisch auf der Terrasse und wartete auf seinem Handy belanglos umhersurfend. Tatsächlich fuhr nach zwanzig Minuten der himmelblaue Cinquecento mit einer Frau am Steuer auf die Hauptstrasse Richtung Süden. Cory beeilte sich auf die Harley und folgte dem Auto in gebührendem Abstand. Es dauerte nicht lange, da bog die Fahrerin in eine Seitenstrasse ein, dann sofort in ein nobles, angrenzendes Villenviertel. Am Eingang war ein Kontrollhäuschen mit einem Pförtner, der für sie die Barriere wortlos öffnete. Cory fuhr die Strasse weiter, denn hier endete wohl seine Beobachtung. Zumindest wusste er, wo sie wahrscheinlich wohnte. Dieser Spur wollte er später nachgehen, er musste sich zuerst besser vorbereiten, um kein Aufsehen zu erregen. Also war's das für heute, dachte sich Cory und fuhr zurück. Er freute sich auf ein erfrischendes Bier mit Spareribs in der Sportbar, Bridget würde ihn sicher bestens unterhalten.

Auf der Rückfahrt begann er, sich auf seiner Harley eigenartigerweise immer einsamer zu fühlen. Ein solches Gefühl kannte er bislang nicht, obschon er oft und lange alleine war. Die Gewissheit, immer wieder nach Hause zu kommen und Freunde aufsuchen zu können, hatten ihm genügt. Das würde nun nicht mehr stattfinden, gestand er sich ein, und sein neues Gefühl der Freiheit war plötzlich wie verflogen. Wie ging es wohl Renée? Was lief bei seinen Verwandten? Seine Stimmung sank auf einen neuen Tiefpunkt und nicht einmal mehr die Suche nach Maria wollte ihn motivieren. Er wusste insgeheim genau, dass auch wenn er sie fände, sie keinen Kontakt mehr haben wollte, zu gefährlich war er für sie. Es wäre aber zumindest ein Abschluss, und er erhoffte sich einige Erklärungen, die ihm trotz allem wichtig waren. Er vermutete inzwischen nämlich, dass Maria zwar vielleicht die Bombe platziert hatte im Sinne des ursprünglichen Auftrages und um sich zu schützen. Er glaubte jedoch nicht, dass sie die perfiden Hinweise zu der O. hinterlassen hatte. Diese waren von Paul wahrscheinlich nur erfunden, um ihn gesprächiger zu machen. Cory erhoffte sich eigentlich nur, das Bild einer kalten Killerin von Halunken behalten zu können. Mit diesem konnte er leben, ganz im Gegensatz zu der Vorstellung einer zynischen Mitarbeiterin in einem Organhandel mit naiven Opfern. Zumindest für sich selbst würde dies einen Unterschied machen. Nach dem Verzehr der Spareribs begab er sich zurück in sein Hotelzimmer und schlief sofort erschöpft ein.

Irgendwo/26. April

- Dieser Freak Konrad ist wieder aufgetaucht! Und erraten Sie wo: Im Mission Valley. Das ist eine absolute Katastrophe. Wir nehmen an, dass das FBI ihn nicht entsorgt hat, sondern mit einer neuen Identität laufen liess. Sie erhoffen sich wohl, dass er sie auf neue Spuren führt, wenn sie ihn nur gut beobachteten. Das scheint nun gelungen.
- Heilige Scheisse ...
- Genau. Das muss endgültig gestoppt werden. Wir haben nachgeforscht: In der Schweiz ist alles still. Weder unser Mann vor Ort noch ein Check auf allen IT-Plattformen haben noch irgendwelche Kontakte oder Spuren von Konrad auffinden können. Auch offizielle Stellen haben rein gar nichts mehr, für die ist er tot, da lohnt sich ein weiteres Vorgehen nicht. Er muss in seiner neuen Identität aufgespürt und schnellstens erledigt werden. Das A-Team muss her und dabei Mrs. Smith auch gleich für immer stilllegen. Wer weiss, wie viel Anteil sie noch an dieser Riesenkatastrophe hat. Sicher ist sicher.
- Verstanden, wird erledigt.

San Diego, 27. April

Schon sehr früh war Cory wieder wach. Er hatte gut geschlafen, deshalb hatte sich seine Laune merklich aufgeheitert. Für das bevorstehende Wochenende hatte er sich vorgenommen, eine Bike-Tour zu unternehmen. Er plante, den El Capitan Dam zu besuchen, um später nach Alpine ins Ayers Lodge zu fahren. Dort wollte er essen und relaxen, um nachmittags dann das Singing-Hills-Golf-Resort anschauen zu gehen. Schon um sechs Uhr früh verliess er sein Zimmer, sattelte seine Harley und fuhr die Morgenstimmung geniessend in Richtung Highway 8.

Roll me away by Bob Seger

Took a look down a westbound road,
right away I made my choice.
Headed out to my big two-wheeler,
I was tired of my own voice.
Took a bead on the northern plains
and just rolled that power on.
Roll, roll me away won't you roll me away tonight.
I too am lost, I feel double-crossed and I'm sick of what's
wrong and what's right. And as the sunset faded, I spoke to
the faintest first starlight.
And I said: Next time, next time we'll get it right

San Diego, 27. April

Es bahnte sich ein wunderschöner Tag an, die Temperatur war bereits bei 23 Grad und Cory bei bester Laune. Er nahm die Viewside-Lane-Ausfahrt und fand den Weg in das Peutz Valley, einer prächtigen Strecke durch hügeliges Gelände. Lässig der Bergstrasse entlang tuckernd beobachtete er im Rückspiegel einen hellen Ford-F150-Pick-up der langsam aufschloss. Cory wusste, dass diese Fahrzeuge oft von *Countysheriffs* gefahren wurden und nahm deshalb etwas Gas weg. Was war wieder die erlaubte Höchstgeschwindigkeit? Er hatte das Schild doch eben erst gesehen und begann sich wieder einmal aufzuregen ob seiner lausigen Erinnerungsspanne. Lass diesen Wagen am besten vorbeiziehen, sagte er sich, eine Busse musste heute nun wirklich nicht sein. Das langsamere Tempo liess den Ford langsam aufschliessen, bis er schlussendlich zum Überholen ansetzte. Cory war noch immer am Hadern wegen seiner Gedächtnisschwäche. Um sich selbst zu prüfen, zählte er alle Stellen auf, die er heute besuchen wollte. Als der Wagen auf gleicher Höhe war, riss der Lenker den Wagen plötzlich völlig unerwartet scharf nach rechts und stiess die Harley mitsamt ihrem Fahrer über den Strassenrand in eine tiefe Schlucht hinunter. Cory hatte keine Chance. Anschliessend fuhr der Ford langsam ausrollend vor der nächsten Kurve auf den Pannenstreifen. Bekleidet mit einem losen, übergrossen Trainingsanzug, die Kapuze tief über den Kopf gezogen, stieg der Lenker ruhig aus und verschwand im dürftigen Unterholz, den Wagen einfach stehen lassend.

Peutz Valley, 27. April/15:00

– Ich habe es genau gesehen ...

meinte ein älterer, hagerer Mann mit grauem, ungepflegtem Bart. Er hatte einen MAGA-Hut auf und fuchtelte mit ausgestrecktem Zeigefinger wirr umher. Die Polizei hatte nach Auffinden eines Opfers eines Motorradunfalles über die lokalen Radio- und Fernsehstationen nach Augenzeugen aufgerufen. Der arbeitslose Kriegsveteran behauptete, aus einer gewissen Entfernung den Unfall beobachtet zu haben.

– Es waren drei gottverdammte Migranten. Ich habe es ganz genau gesehen. Sie streckten ihre Mittelfinger aus dem Fenster und beschimpften den armen Motorradfahrer. Plötzlich riss der Fahrer den Pick-up nach rechts und drückte die Harley den Abhang hinunter. Dann sah ich im Rückspiegel, wie die drei den Pick-up einfach verliessen und davonrannten.

San Diego, 28. April

Eine imposante Kolonne schwarzer SUVs bog ziemlich temperamentvoll in die Allee zum pompösen Mission-Valley-Anwesen ein. Unter vielen kleinen Staubwolken parkten sie breit verteilt auf dem Gelände. Wie Bienen schwärmten dutzende von FBI-Agenten aus und nahmen alles in Beschlag. Nach einigen Minuten wurden ein Mann und zwei Frauen in einem GMC abgeführt, gerade als eine Meute von Pressewägen vor der inzwischen gesperrten Zufahrtstrasse begann, sich um die besten Drehplätze zu streiten.

New York, 28. April

In New York verbreiteten derweil die scoop-geilen News-Sender die *Breaking News*, dass ein hochrangiger UNO-Beamter vom FBI verhaftet wurde. Die Anklage sei noch unklar, behauptet wurde lediglich, dass der Abgang von der UNO und die Rückkehr in ihr Heimatland von mehreren Delegierten aus dem mitteleuropäischen und südasiatischen Raum nichts mit dieser Verhaftung zu tun habe. Diese beruhten, so versicherte das WHO treuherzig, auf normalen Rochaden und Fluktuationen.

Zug, 28. April

Eine renommierte Anwaltskanzlei aus Zug in der Schweiz vermeldete, dass sie ihre schweizerische Geschäftsstelle in Zug aufgehoben habe. Der künftige Geschäftssitz werde in Dubai sein, der Geschäftsleiter habe seinen Wohnsitz ebenfalls nach Dubai verlegt.

Der Autor

David Altwegg wurde 1955 in Bern geboren, wo er seit seiner Pensionierung wieder wohnhaft ist. Er ist der Sohn eines Unternehmers und einer englischen Mutter. In seiner Kindheit hielt sich Altwegg mit Vorliebe in der Westschweiz auf, wo er Wasserskifahren und Französisch lernte. Nach der Matura diente er zunächst als Offizier im Schweizer Militär, um sich anschliessend doch seinen Kindheitstraum zu erfüllen und Pilot zu werden. Er besuchte die schweizerische Luftverkehrsschule der Swissair, erwarb eine Berufspilotenlizenz in Florida und absolvierte eine Linienpilotenausbildung. Er arbeitete zunächst als Pilot für Vermessungsflüge, um anschliessend 23 Jahre bei Swissair Kommandant der MD11 und 15 Jahre Kommandant der A330 und B777 bei Emirates in Dubai zu sein.
Er ist verheiratet und hat vier Kinder. Bei seinem Kriminalroman „Der zu Sterbende" handelt es sich um sein Erstlingswerk.

Der Verlag

> *Wer aufhört besser zu werden, hat aufgehört gut zu sein!*

Basierend auf diesem Motto ist es dem novum Verlag ein Anliegen, neue Manuskripte aufzuspüren, zu veröffentlichen und deren Autoren langfristig zu fördern. Mittlerweile gilt der 1997 gegründete und mehrfach prämierte Verlag als Spezialist für Neuautoren in Deutschland, Österreich und der Schweiz.

Für jedes neue Manuskript wird innerhalb weniger Wochen eine kostenfreie, unverbindliche Lektorats-Prüfung erstellt.

Weitere Informationen zum Verlag und seinen Büchern finden Sie im Internet unter:

www.novumverlag.com